Martin Kakies

333 ostpreußische Späßchen

Köstliche Anekdoten und lustige Geschichten

RAUTENBERG
im Verlagshaus Würzburg

Umwelthinweis:
Dieses Buch und der Umschlag wurden auf chlorfrei gebleichtem Papier gedruckt.
Die Einschrumpffolie – zum Schutz vor Verschmutzung – ist aus umweltverträglichem und recyclingfähigem PE-Material.

Printed in Germany
Druck und Verarbeitung: Offizin Andersen Nexö, Leipzig

Internet: www.verlagshaus.com
Rautenberg im Verlagshaus Würzburg

ISBN 3-8003-3106-3

HUMOR,
DER SO RICHTIG WÄRMT ...

„Humor ist, wenn man trotzdem lacht", sagt Wilhelm Busch, der große Meister des Humors. Unsere Welt, wie unsere Vorväter und wir sie uns in unserer Heimat aufgebaut hatten, ist zusammengebrochen, und Tränen ohne Zahl sind geflossen. Aber so wie das größte Glück niemals das Weinen wird aus der Welt schaffen können, so kann auch das tiefste Leid nicht das Lachen töten.

Gerade weil wir nicht untergehen, weil wir uns im Leben behaupten wollen, lachen wir so gern. Das Lachen, das so recht von Herzen kommt, nimmt immer ein Stück von der Erdenschwere mit, die auf uns lastet, es macht uns froher und leichter. Ein Lachen erquickt wie ein frischer Trunk nach langer, staubiger Wanderung.

Wo aber können die Quellen des Humors reicher und reiner fließen als in der Heimat? Die rheinischen „Krätzchen" sind an die heitere und romantische Natur des Rheinlandes gebunden und an den leichten und fröhlichen Menschenschlag dort. Der Ostpreuße nun gilt als ernst und schwerblütig, seine ruhige und bedächtige Art wird manchmal als schwerfällig angesehen, und der oberflächliche Beobachter mag sogar zu der Meinung kommen, der Ostpreuße habe gar keinen Humor. Der leichte, schillernde, funkelnde Witz, der schnell aufflammt und abbrennt wie ein leuchtendes, aber kaltes Feuerwerk, der allerdings ist nicht die besondere Sache der Ostpreußen, aber der Humor, der so richtig wärmt wie ein Kachelofen bei eisiger Kälte, der ist gerade bei uns zu Hause.

Der Ostpreuße sieht schon die schwachen Seiten seiner Mitmenschen, er hat einen Blick dafür, aber er regt sich über sie nicht weiter auf, er schießt auch nicht einen gehässigen Pfeil ab, bloß um einen Witz zu machen, er betrachtet alles mit duldsamem Wohlwollen, mit Ruhe und Gelassenheit und, wenn es irgend geht, mit Humor. Da kamen einmal an einem schönen Sommertag Gäste in den Gasthof von Balga. Es wäre nichts mehr da zum Essen, hieß es zunächst, aber die halben Portionen Aal für jeden, die es schließlich doch noch gab, entpuppten sich als ausgewachsene Portionen, und dann kam Frau Pultke selbst in den Garten und knüpfte mit ihren Gästen eine Unterhaltung an. „Na, schmeckt's, Herrschaft? Is all e bißche wenig, vom Raiffeisenverein is nich mehr ibrig jeblieben." Und als sie beruhigt wurde, das Essen sei ganz ausgezeichnet und alle seien reichlich satt geworden, da meinte sie: „Na, denn is ja man scheen", um dann noch hinzuzufügen: „Hier kommen auch immer so viele auße Stadt auf Sommerfrische und wollen sich erholen und sehen doch alle rund und dick aus. Sie essen auch alle tichtig. Und dann laufen se und denn schwitzen se und dann essen se noch mehr und denn werden se noch fetter. Und denn sagen se, se missen sich erholen. Ach du liebes Gottche, ich mecht bloß wissen, von was? Vons Fätt?" Das ist, nicht wahr, gar kein Witz, aber es ist echter ostpreußischer Humor. Dieses Buch enthält eine Fülle solcher Späßchen. Die Sprechweise und die Ausdrücke allein schon schaffen eine heimatliche Atmosphäre.

Und es ist der gesunde Menschenverstand, der im ostpreußischen Humor zur Geltung kommt, es ist die Verbindung mit der Erde, auf der man lebt und auf der schon die Vorväter gelebt haben. Sie verleiht Ruhe und Sicherheit.

Man braucht die Ostpreußen nur zu beobachten, wenn sie sich jetzt in der Vertreibung irgendwo treffen. Da gibt es kein auf Stelzen schreitendes Getue, die Begrüßung strömt über von Herzlichkeit und von Wiedersehensfreude, vielleicht ist sie manchmal etwas laut, aber sie ist immer unbekümmert und ohne Falsch. Es ist nicht die Art der Ostpreußen, mit Leichenbittermiene herumzulaufen; jeder ist nur zu gern bereit, sich zu freuen und einmal herzhaft zu lachen. Und wenn man der Heimat gedenkt, wenn man der Sehnsucht nach ihr Ausdruck gibt, dann macht man auch das manchmal in einer humorigen Form, die ein Lächeln hervorzaubert, ein Lächeln unter ungeweinten Tränen. So wie das jene Frau einst sagte, die hier in Westdeutschland auf einem Markt Pilze verkaufte. Sie erzählte einer Käuferin, daß sie aus der Tilsiter Gegend stamme, die Käuferin meinte: „Aus Tilsit bin ich auch", und nun war die Frau mit den Pilzen ganz bewegt: „Achott, Achott, wenn ich bloß Tilsit heer, denn jeht mich das jleich inne Knie!"
Die 333 Späßchen, die wir hier bringen, die darf man natürlich nicht alle nacheinander lesen, so etwa wie einen Roman, dann überfüttert man sich leicht, aber wenn einem alles einmal grau in grau erscheinen will, wenn man zu nichts mehr Lust hat und wenn man den Kopf hängen lassen will, dann soll man dieses Buch zur Hand nehmen, und dann wird das eine oder andere Späßchen wirken wie eine kräftige und belebende Medizin.

DIE ERSTEN HUNDERT

Das Würzkraut

Ein kleines Mädchen kommt — es war in Tilsit — zu uns ins Geschäft. „Na, was möchtest du denn haben?" Es guckt uns verlegen an: „Geben Sie . . . Geben Sie" . . . Wir merken, die Kleine hat's vergessen.

„Was will denn die Mama kochen?" helfen wir nach. Da schießt sie heraus: „Geben Sie für die Ent' von hinten reinzustecken."

Jetzt wußten wir, daß Majoran gemeint war. A. K.

Immer sparsam

In Gumbinnen erfreute sich der Sanitätsrat W. einer großen Beliebtheit. Kurz nachdem er als junger Arzt seine Praxis eröffnet hatte, wurde er im Winter im Schlitten zu einem Krankenbesuch abgeholt. Er mußte auf einem Bauernhof die alte Großmutter untersuchen, die in ihrem Himmelbett lag. Nach der Untersuchung nötigte ihn die junge Bäuerin an den Frühstückstisch, der im gleichen Zimmer reich gedeckt war. Die Fahrt in der kalten Winterluft hatte Appetit gemacht, und Dr. W. langte tüchtig zu. Er ließ sich das Schwarzbrot mit Butter und Schinken gut schmecken. Dann griff er nach einer Scheibe schneeweißen Striezels und wollte sie dick mit Butter bestreichen. Im gleichen Augenblick aber erscholl die Stimme der Großmutter aus dem Himmelbett: „Butter is all drin!"

Sicher ist sicher

Kriegerfest im „Schützenhof". Der erste Vorsitzende, Major a. D. von G. hat die Polonaise mit seiner Frau getanzt. Zum nächsten Walzer bittet er die Frau des zweiten Vorsitzenden, des Klempnermeisters L. Er macht seine Verbeugung, und schnell ist Annchen L. auf den Füßen. „Is mir eine Ehre Herr Major", sagt sie mit freundlichem Lächeln; dann fliegt ihr mit sorgfältig gebrannten Löckchen geschmückter Kopf fix herum zu ihrem Mann: „August, kiek moal, is mien Schlitz ok hinde to?"

Flotter Reiter

Mein Großvater, auf dem Lande aufgewachsen, ritt gern, auch noch in seinem späteren Leben, sobald sich dazu Gelegenheit bot. Sein Vetter, in Königsberg geboren und aufgewachsen, kam nur selten aufs Land. Bei einem Urlaub gelang es nun meinem Großvater, den Vetter zu einem gemeinsamen Ausritt zu bestimmen. Dieser klemmte sich also in des Wortes wahrster Bedeutung auf einen als lammfromm bekannten Gaul, und der Ritt begann. Mein Großvater schwärmte von der Schönheit des Reitens, und es fiel ihm dabei gar nicht auf, daß der Vetter immer weiter zurückblieb. Bis ihn plötzlich ein Ruf aus seinen Schwärmereien riß: „Albert, holl an, holl an, mein Pferd is gleich zu End'!" G. B.

Im Eifer

Die Polluweitsche ist bei der Endrukeitsche zum Kaffee gegangen. Nu hucken sie beide und plachandern, daß man so plaukscht. Mitten bei fällt der Endrukeitsche ein, daß die Polluweitsche man nicht bloß schabbern will, sie soll auch Kaffee trinken. Ganz schnell sagt sie: „Drinke Se, drinke Se, Noabersche!" — „Ös ja nuscht bönne", meint die Polluweitsche. — „Schoad nuscht, schoad nuscht, drinke Se man, drinke Se!" sagt darauf die Endrukeitsche.

Kleinbahn

Das Ragniter Kleinbahnchen hatte mitunter nicht viel Fahrgäste aufzuweisen. Als das Zugche einmal in den Kraupischker Bahnhof einlief, sprang der Schaffner vom Zug und rief: „Alles einsteigen — aussteigen is nuscht!"

Willkommene Hilfe

K. hatte im Kreise Goldap einen kleineren Bauernhof, den er mustergültig bewirtschaftete. Dieser und seine hübsche Tochter Martha waren sein ganzer Stolz. Natürlich durfte sein Marthchen nur einen Bauern heiraten, denn andere Erben hatte er nicht. Marthchen aber hatte den „Drang zu etwas Höherem" und hätte am liebsten einen „Studierten" gehabt. Auf einem Fest in der Kreisstadt tanzte sie auffallend viel mit dem neuen Provisor der Apotheke, dem man den Stadtmenschen schon von weitem ansah. Auf den Vorhalt des Vaters bestritt Marthchen energisch, daß ihr der junge Mann etwas bedeute, aber obgleich sie erwähnte, daß er ja stottere, wollte K. den unerwünschten Freier gleich auf frischer Tat zur Rede stellen. Er tat das mit den Worten: „Sie griener Lorbaß wer' ich helfen, sich an meine Marthchen ranzumachen!" Wie erstaunt war K., als er die Antwort bekam: „Das w-w-w-wär nett, a-a-a-allein schaff' ich das d-d-d-doch nicht!"

Nur ein bißchen

In jeder Woche kam am Dienstag die alte Giesche zu uns, um bei der Wäsche zu helfen, und sie erzählte immer gern aus ihrer Jugendzeit. Ihren Mann hatte sie schon kennengelernt, bevor er beim Militär dienen mußte. „Ich hab' auf ihn gewartet, wenn es auch lange dauerte", berichtete sie. Meine Schwester wollte ein bewunderndes Wort über ihre Treue sagen und meinte: „Na Mutter Giesche, da wart ihr aber lange verlobt!" — „Ach, Freilein", meinte Frau Giesche, „wir waren doch nicht verlobt!", um dann verschmitzt lächelnd noch zu sagen: „Wir haben uns man bloß denn und wenn im Winkel e bißche jekitzelt!" G. v. W.

Rätselhaft

Völlig fassungslos war ein alter Herr, als sich seine Frau in der Stadt ein Korsett besorgt hatte, das den Busen hochschnürte. Er fragte nur: „Malchen, womit verdauste du denn jetzt?"

Eine Doktorfrage

Das Krankenhaus in einer kleinen ostpreußischen Stadt war sehr belegt, und vier Patientinnen mußten daher in einem Durchgangszimmer untergebracht werden. Sie ärgerten sich darüber, daß die das Zimmer durchschreitenden Angestellten die Tür oftmals nicht ordentlich hinter sich schlossen, denn es war Februar, und ein unangenehmer Luftzug wehte dann ins Zimmer.

An einem Vormittag eilt der Stationsarzt selbst geschäftig durch das Zimmer, ruft „Guten Morgen" und läßt hinter sich einen Spalt der Tür offen. „Härr Dokter!", hallt ihm der Ruf einer der Patientinnen nach. Sogleich kehrt der Arzt zurück und sieht besorgt ins Zimmer. Die Ruferin aber fragt ihn bloß: „Haben Sie zu Haus' e Sack vore Tür?"

Ohne Schuhe

Man schätzte Frau Schuknis — sie wohnte in Königsberg — allgemein als eine zuverlässige Waschfrau. Der Luxus und der Wohlstand anderer imponierten ihr nicht, und sie verschmähte es auch, jemand zu Munde zu reden.

Wieder kam sie zu einem sommerlichen Waschtag und betrat die Küche einer Familie in der Gartenvorstadt Amalienau. Die jüngste, etwas vorlaute Tochter des Hauses konnte sich nicht enthalten, erstaunt auszurufen: „Aber Frau Schuknis, Sie haben ja keine Schuhe an!" — „Is' wahr", bestätigte die Angeredete ruhig und fuhr mit Betonung fort: „Aber was die Lehmannsche is — die geht sogar durch die Junkerstraß' barft mangs feine Pöbel!"

Die vorschnelle Bemerkung über Frau Schuknis' fehlende Fußbekleidung wurde nie wiederholt.

Einkauf

Wir hatten in Tilsit ein Kolonialwaren- und Feinkostgeschäft, und da gab es denn manchmal auch ein lustiges Späßchen.

Eines Morgens kommt ein Mann in unser Geschäft:

„Madamche, haben Se e Kartonche?"

„Ja, Sie müßten aber einen Augenblick warten."

„Madamche, was kost der Karton?"

„Zehn Pfennig."

Einige Augenblicke Überlegung, dann: „Ei, Madamche, wenn ich was einkauf, krieg ich ihn dann umsonst?"

"Ja, ja."

„Na, dann geben Se für e Dittche Bonbon!" A. K.

Der Grund

Unserem alten Sch. war vor zwei Jahren seine Frau gestorben. Da seine Kinder nicht mehr bei ihm waren, mochte er sich manchmal recht einsam fühlen. Der rüstige Sechsundsiebzigjährige ging also noch auf Brautschau und führte die alte Siewertsche als zweites Eheweib heim. Als sie ihn einige Tage nach der Hochzeit fragte, warum er noch einmal geheiratet habe, da sie doch beide nicht mehr so jung seien, kratzte er sich etwas verlegen den Hinterkopf, daß ihm der Mützenschirm fast auf seine Nase rutschte, und bekannte: „S' friee wie es friee — wegen dem allein is's je nich, oawer kimmst tohus, huckt doch wat!" L. H.

An der Passargemündung

An der Mündung der Passarge liegen, durch den Fluß getrennt, zwei Dörfer, Alt- und Neu-Passarge (letzteres gewöhnlich Schipperdorf genannt), von denen das erstere zum Kreis Heiligenbeil, das letztere zum Kreis Braunsberg gehörte. Beide Dörfer hatten bis in die letzte Zeit ein ziemlich abgeschlossenes Leben geführt. Von auswärts zogen kaum neue Einwohner zu, so heiratete man unter sich, und die alten Geschlechter blieben erhalten. Daher war es kein Wunder, wenn man immer auf dieselben Familiennamen stieß. In Neu-Passarge dominierte der Name Schier, auf Alt-Passarger Seite der Name Schött. Daher entstand die Redensart: „Auf der einen Seite da schiert et, auf der andern da schött et."

Eßt man!

Zu einem Geburtstags- und Abendessen auf dem Lande gab es Rehbraten. Mein damals dreijähriger Bruder kam mit seinem Teller zu meiner Mutter; er wollte auch Braten aufgelegt haben. Ihm wurde gesagt, er müsse warten, bis die Erwachsenen gegessen hätten. Voller Wut schrie er: „Eßt man, eßt, das haben ja doch schon alles die Ratzen befressen." L. J.

Ein Naturgesetz

Kaufmann L. in G. war recht originell. Von den Späßchen, die von ihm erzählt werden, sei hier eins wiedergegeben: Die Frau eines höheren Beamten wollte einmal in seinem Laden eine Ente kaufen. L. bediente die anspruchsvolle und ziemlich schwierige Kundin persönlich. Nach vielem Hin und Her hatte sie endlich ihre Wahl getroffen, aber sie machte noch eine Riechprobe und rief dann entrüstet: „Herr H.! Die Ente riecht ja."

In aller Gemütsruhe antwortete L. mit verbindlichem Lächeln: „Gnädige Frau, an der Stelle riechen wir alle!"

„Grießt ihr man . . ."

In Fischhausen unterrichtete vor etwa dreißig Jahren an der Stadtschule ein Fräulein Sch., die bei ihren Vorgesetzten ihrer erzieherischen Talente wegen geschätzt war. Heute noch erinnern sich die einstigen Kollegen dieser humorvollen Frau, die von ihren Schülern verehrt wurde.

Fritzchen allerdings bildete eine Ausnahme. Schuld daran trugen erhebliche Meinungsverschiedenheiten zwischen der Lehrerin und ihm über die Notwendigkeit von Rechnen und Rechtschreibung. Eines Tages fehlte ihr Sorgenkind. Am nächsten Tage meldete ein Schüler der Lehrerin, daß Fritzchen sich herumtreibe. Fritzchen hatte statt zur Schule den Weg zum Hafen eingeschlagen, denn da gab es doch wenigstens etwas zu sehen! Die Fischerfrauen standen am Hafen und warteten auf ihre Männer, die mit dem Fang vom Haff nach Hause kamen. Hei, wie lustig tanzten und sprangen da die Fische! Doch als vom Rathausturm neun Glockenschläge ertönten, kamen Fritzchen Bedenken, und er suchte sich vorsorglich ein Versteck im Schilf. Inzwischen forschte eine von Fräulein Sch. ausgesandte Späherschar nach dem Ausreißer, und sie

fand ihn auch. Der Weg über Land war Fritzchen verlegt. Entschlossen, seine Freiheit zu verteidigen, lief er ins Wasser, das in der „Schönen Wiek" eine ganze Strecke am Ufer hin flach ist. Aber auch die Verfolger scheuten das nasse Element nicht und setzten ihm nach. Fritzchen watete weiter, bis ihm das Wasser schließlich bis an den Hals reichte und er kapitulieren mußte. Er wurde ergriffen und ans Ufer geschleppt, und im Eilschritt ging es durch die Stadt bis zur Schultür. Da riß sich Fritzchen mit der Kraft letzter Verzweiflung los und rief den Häschern zu: „Grießt ihr man, der alten Zieg', ich komm doch nich inne Schul!"
Ob dieser unglaublichen Respektlosigkeit erstarrten die beauftragten Greifer, und das flinke Fritzchen war im Nu verschwunden. Wie begossene Pudel kehrte die ausgesandte Häscherschar zurück, meldete die Vorgänge und unterließ es auch nicht, den aufgetragenen Gruß wortgetreu auszurichten.
Statt einer Empörung brach in der Klasse ein lautes Gelächter aus: Fritzchen hatte auf der ganzen Linie gesiegt. Denn auch Fräulein Sch. stimmte in den lustigen Chor der Kinder ein; sie war eine kluge Menschenkennerin, mit einem Herzen für die Jungen. Die letzte Runde hat sie aber doch gewonnen, wie Fritzchen später selber zugestanden hat.

Ihre Sorge

Schützenfest! Wie das bei solcher Gelegenheit ist, schlugen alle Herzen vor Festfreude höher. Nur das Herz von Frau B. nicht. Als tüchtige Hausfrau jedoch bürstete und bügelte sie den Schützenanzug ihres Mannes auf „Neu". Ihren Unmut aber konnte sie doch nicht unterdrücken, und die Kleiderbürste als warnenden Zeigefinger benutzend, sagte sie: „Und dat segg öck di, dat du mi nich ins Zentrum schötzt, denn öck hebb keen siednet Kleed antotene, öck kann Keniginn nich woare."

Der Ausgleich

Sie hielten vor dem Dorfwirtshaus, wo eine landwirtschaftliche Versammlung stattfand. Der Gutsbesitzer ging in die „Herrenstube", sein Kutscher Karl setzte sich in die allgemeine Gästestube. Dort fand er einige gute Freunde, mit denen er ein kleines Spielchen anfing. Nach einer Weile schaute der Gutsbesitzer in die Gästestube und bemerkte, daß Karl von seinen Mitspielern betrogen wurde; sie steckten sich unter dem Tisch die passenden Karten zu. Empört rief der Gutsbesitzer den Begaunerten zu sich und machte ihn auf die Frechheit seiner Mitspieler aufmerksam. Doch Karl erwiderte gelassen: „Ach, Herrke, dat moakt doch nuscht, wenn de annere seck unnerm Dösch de Koarte tostöcke, denn klau öck se boave de Dittkes weg."

Poesie und Prosa

Tante Ida hatte viel Sinn für Naturschönheiten und war leicht zu begeistern. Einmal, als sie wieder mit ihrem Mann einen langen Sonntagsspaziergang machte und an ein herrlich blühendes Lupinenfeld kam, rief sie aus: „Man könnt sich hinwerfen vor so viel Schönheit!"
Tante Idas Mann aber, nicht so poetisch veranlagt, meinte nur: „Na, denn schmeiß dich hin, Ida, ich geh weiter."

Der langsame Walzer

Eine junge Frau war Witwe geworden. Beim Begräbnisschmaus wurde gegessen und kräftig getrunken, und bald hatte die Stimmung einen ziemlichen Höhepunkt erreicht. Ein junger Mann holte sein Schifferklavier und spielte Volkslieder, und nach einiger Zeit gingen diese unter der Einwirkung des reichlich genossenen Alkohols in Tanzweisen über. Als nun gerade ein einschmeichelnder Walzer erklang, wurde die junge Witwe von einem der jüngeren Männer zum Tanz aufgefordert. Erst lehnte sie empört ab, aber schließlich gab sie dem Drängen nach. Dem Ernst der Stunde wollte sie aber doch Rechnung tragen, und so sagte sie denn zu dem jungen Mann: „Aber nur ganz langsam!"

Wäre auch peinlich

Der Lehrer meines Heimatortes hatte einen großen Bienenstand. Zur Schwarmzeit besuchte er ihn stets in der Unterrichtspause um zehn Uhr, um sich zu vergewissern, ob ein Volk vielleicht schwärmen würde. Als an einem Vormittag mit dem Schwärmen zu rechnen war, rief er sein vierjähriges Töchterlein und schärfte ihm ein, ihn sofort vom Unterricht zu rufen, wenn viele Bienen aus einem Stock herausstürmen sollten. Doch dem Kind wurde das Beobachten zu langweilig; es spielte mit seinem Ball und vergaß die Bienen.
Als der Vater nach einer Stunde kam, um wieder nachzuschauen, mußte er feststellen, daß ein Stock geschwärmt, der Schwarm sich aber nirgends gesetzt hatte. Voll Ärger rief er: „Nun sind die Bienen im Narsch." Schuldbewußt war die Kleine dem Vater gefolgt, und als sie seine Worte hörte, rief sie ängstlich: „Ach Gott, Papachen, doch nich in deinem?"

Der Geist aus dem Grab

Zum Bestecken der Angelhacken braucht man Würmer, und die Frauen in Balga am Frischen Haff lasen des Nachts auf dem Kirchhof manchen fetten Wurm auf. So gegen zehn bis zwölf Uhr abends gingen sie auf ihren Schlorren mit Laternen und Eimerchen bewaffnet auf die Jagd.
Im Dorfe lebte ein zu Streichen aufgelegter Schneider. Als dieser ein frisch geschaufeltes Grab entdeckte, befiel ihn der Gedanke, die Frauen nachts gehörig zu

erschrecken. Heimlich nahm er seiner Frau Bettlaken weg und stieg in der Abenddämmerung mit Hilfe einer kurzen Leiter in das Grab. Es verging eine Stunde, dann nahm er das Leuchten von Laternen wahr, die langsam näher kamen. In ihrem Scheine erblickten die erschreckten Frauen eine weiße Gestalt, die sich aus dem Grabe erhob. Mit unheimlicher Stimme sprach diese: „Was suchet ihr Lebendigen unter den Toten?" Ein entsetztes Schreien und Kreischen hub an, die Laternen verloschen, Schlorren und Eimer flogen davon, alle Wurmsucherinnen rannten wie besessen nach Hause, weil sie glaubten, der Geist wäre hinter ihnen her.

Am nächsten Tag sah der Schneider zu, wie die Frauen auf dem Kirchhof ihre in der Nacht weggeschleuderten Sachen wieder zusammensuchten.

Die Oma

Auf dem Lande hatten die Großmütter während der Erntezeit neben anderen häuslichen Arbeiten auch die Aufgabe, die noch nicht schulpflichtigen Kinder zu beaufsichtigen. Oma M. war im Hause stark beschäftigt, und so merkte sie gar nicht, daß der dreijährige Karl ihr entwischt und auf den Hof gelaufen war, um beim Einfahren dabei zu sein. Da entdeckt ihn die Mutter und fragt: „Na Karlchen, wo is denn die Oma?" Karlchen darauf ganz stolz: „Die paßt mir auf!"

Die Reue

In Landsberg arbeitete ein Handwerker in einer Wohnung. Gastfreundlich lud die Hausfrau ihn zum Mittagessen ein. Der Geladene mochte aber nicht sogleich zusagen, da er dies nicht für passend hielt. Gegen seine Erwartung wiederholte die Frau die Einladung nicht, und nun tat es ihm leid, daß er nicht sofort zugesagt hatte. Und so ging er denn zu der Hausfrau und fragte: „Sagten Sie nicht was vor'm Weilchen?"

Der Zurückzopper

Im Herbst, wenn die Felder abgeerntet waren, ging es im roten Rock über die buntgetönten Felder. Bei einer solchen Reitjagd hatte ein begeisterter Reiter, Hauptmann C., das Pech, daß sein sonst gutes Pferd jedes Hindernis zunächst verweigerte. Einige Tage darauf beobachtete der Gutsbesitzer, der die Jagd ausgerichtet hatte, spielende Jungen, die über selbstgebaute Hindernisse sprangen. Einer von ihnen zoppte immer wieder zurück. Der Gutsherr sah dem Treiben der Jungen amüsiert zu und fragte dann, warum der eine von ihnen nicht auch springe. Er erhielt darauf die überraschende Antwort: „Eck si de Hauptmann C."

Die große Frage

Bauer K. hatte das beste Vieh im Dorf; er war auf sein Jungvieh sehr stolz. Er wollte nun eine junge Sterke auf dem Markt in der Kreisstadt verkaufen und beriet sich mit seinem Nachbarn Paul über den zu fordernden Preis. Vierhundert Mark wollte K. haben, aber Paul meinte, dieses Geld bekäme er nie im Leben.
Der Nachbar sollte recht behalten, denn allen Händlern war der Preis zu hoch, und mißmutig mußte K. mit seiner Sterke wieder heimwärts wandern. Ihn begleitete der Nachbar, der recht übermütig aufgelegt war, weil er eine junge Stute vorteilhaft abgesetzt hatte. Insgeheim ärgerte sich K. über den schlechten Verlauf des Marktgeschäftes, und ihm entfuhr, als er einen dicken Frosch am Straßenrand erblickte, der Ausruf: „Wenn du dem Pogg opfrätst, kannst mien Sterk behole!"
Das ließ sich Paul nicht zweimal sagen. Er ergriff den Frosch, steckte ihn in den Mund und kaute an einem Bein herum. Der Ekel stieg ihm aber in der Kehle hoch, und er sagte: „Wenn du jetzt dat andere Deel vom Pogg upschluckst, brukst dien Sterk nich to gäwe."

Bauer K. bereute sein unbedachtes Angebot schon sehr, und gleich nahm er die noch vorhandenen Froschteile zu sich und würgte sie mit Gewalt herunter. Beide Nachbarn schritten weiter. Nach einer Weile meinte Paul: „Tauwat hebb wi egentlich dem Pogg opgefräte?"

Höfliche Kleinbahn

Es war in den zwanziger Jahren, als wir jung und lebensfroh, zu einer Landhochzeit nach Masuren fuhren. In Rastenburg mußten wir in eine Kleinbahn umsteigen. Weil sich nun aber einer auf den andern verließ, stiegen wir in den falschen Zug, merkten das aber erst bei der Kartenkontrolle. Das war sehr unangenehm: wir mußten zur Trauung in S. sein, außerdem warteten doch an der Station W. die Fuhrwerke vergeblich auf uns. Dem Schaffner ging unser Kummer sichtlich zu Herzen — er ging hinaus, ein kurzer Pfiff, und — das Bähnlein stand schnaufend still; es hielt auf freiem Felde. „So", sagte der gute Mann, „steigen Sie jetzt schnell aus und laufen Sie auf den Schienen bis Rastenburg zurück. Ich werde telefonieren."

Alles klappte, wir waren in zwanzig Minuten wieder in Rastenburg, und wer beschreibt unsere Freude: die Kleinbahn nach S. wartete auf uns. Wir stiegen ein und saßen schon einige Minuten; sie stand immer noch. Die Fahrgäste sahen unruhig nach der Uhr. Da hörten wir im Nebenabteil den Schaffner fragend rufen: „Sind die Herrschaften schon da, die nach S. zur Hochzeit wollten?" Wir meldeten uns, und die Bahn setzte sich augenblicklich in Bewegung. Alles lachte; niemand nahm die Verspätung übel.

Am Bahnhof stiegen wir auf die wartenden Wagen. Karl, der Jungknecht, war heute zum Kutscher avanciert. Stolz und steif saß er in der gewohnten Livree auf dem Bock. Wir waren sehr ausgelassen und gaben unser Reiseerlebnis den andern zum besten. Plötzlich

drehte sich Karl ärgerlich um und sagte: „Nei, nei, aber auch so e Gekalber doahinde, mich jehn foats (sofort) de Füchs' durch!"
Das Gelächter wurde noch größer, und in der richtigen Stimmung kamen wir zur Hochzeit. F. T.

Der Teufel auf dem Frischen Haff

Der Wind kam mäßig von Südwest, alle Segel waren gesetzt, und unser Keitelkahn zog, mit dem Schleppnetz auf dem Grund, ruhig seine Bahn, von Pillau in Richtung Brandenburg. Mein alter, fünfundsiebzigjähriger Onkel schlief, und ich hatte die Wache. Leise pfiff ich mir etwas vor, betrachtete den herrlichen Sternenhimmel und sah unwillkürlich unter dem Segel nach Lee. Mir war, als gewahrte ich einen Schatten, der plötzlich wieder verschwand. Ich beruhigte mich bei dem Gedanken, daß in der Nacht nichts geschehen könnte, doch sah ich nochmals in die Richtung: der zweifelhafte Schatten hatte sich vergrößert und lag in unserem Kurs. Nach meiner Berechnung mußte bald der Zusammenstoß erfolgen, da ein netzschleppender Keitelkahn sich nur schwer lenken läßt. Ich erkannte auch bald die Umrisse dieses Bootes, in dem eine schwarze Gestalt saß; zehn Meter trennten uns nur noch. Mir war es nicht geheuer, und ich rief mehrfach, erhielt aber keine Antwort. Jetzt erkannte ich deutlich das Boot und einen darin stehenden schwarzen Mann, der noch drei Meter vom Bug entfernt war. Vorsorglich legte ich mein Beil neben mich und schrie aus Leibeskräften. Wieder kam keine Antwort, und es war auch keine Bewegung der schwarzen Gestalt im Boot vor uns festzustellen. Mir schossen allerlei Märchen, die ich als junger Fischer gehört hatte, durch den Kopf, und ich glaubte, den Leibhaftigen vor mir zu haben.

Durch mein Geschrei war auch mein Onkel wach geworden, und sein Ruf: „Jung, Jung, de Diewel!", bekräftigte noch meine Vermutung. Das Herz schlug mir bis zum Halse, als wollte es im Leibe zerspringen, als unser Kahn an das kleine Boot des Schwarzen stieß. Die Gestalt wollte sich an unseren Kahn krallen, ich sah ein tiefschwarzes Gesicht mit blanken, weißen Augen. Der Körper war in kohlschwarzer Tracht gekleidet. Ich nahm allen Mut zusammen und rief: „Wer bist du und wo willst du hin?" — „Zu euch an Bord!" schallte es zurück, und der unheimliche Schwarze wollte zu uns klettern. Aber mein gezücktes Beil und der Knüppel meines Onkels flößten ihm so viel Respekt ein, daß er seine Hand wieder losließ. Er trieb mit seinem Boot achteraus, und bald hatte die Dunkelheit ihn verschlungen. Für meinen Onkel und mich bestand kein Zweifel, daß wir dem Teufel begegnet waren und daß wir ihn nur durch unsere mutige Haltung zurückgeschlagen hatten.

Ein halbes Jahr später, etwa im Februar, saßen wir gemütlich am Kachelofen unseres Häuschens in Zimmerbude und lasen eine alte Zeitung. Dabei erregte ein Artikel meine Aufmerksamkeit, der die Überschrift trug „Begegnung mit Fischern auf dem Frischen Haff". Die Schilderung entsprach unserem Erlebnis. Datum, Ortsbestimmung, Windrichtung usw. bewiesen einwandfrei, daß es sich um das gleiche Zusammentreffen handelte. Der Tatbestand war folgender: Ein Schornsteinfeger in Berufskleidung hatte sich am Abend bei Kahlholz ein Vergnügen gegönnt und auf einem Boot eine kleine Ruderfahrt unternommen. Er war abgetrieben worden, und er hatte dabei auch noch das Pech, die Ruder zu verlieren. Nach der nächtlichen Begegnung mit uns hatten ihn die Haffwellen mit dem Boot in unserem Nachbardorf abgesetzt. Er also war der „Teufel" gewesen.

F. G.

Auf dem Fischmarkt

Noch um die Jahrhundertwende trugen die Damen großrandige Hüte und manchmal einen Schleier, der bis unter das Kinn reichte. Als nun damals meine Tante auf dem Königsberger Fischmarkt durch die Reihen ging, um sich etwas auszusuchen, das Passende aber nicht gleich fand, rief ihr eine Fischfrau nach: „Schleier vor de Schnuz, oawer keen Dittke inne Fupp!"
Ein andermal kaufte meine Tante große Stinte zum Braten, mein Onkel aß sie leidenschaftlich gern. Da fragte die Fischfrau so nebenbei: „Fürs Katzche?" Darauf meine Tante: „Nei, fürs Mannche." Ch. K.

Unerwartetes Echo

Auguste hat noch niemand lachen sehen. Sie brummelt meist, versieht aber vorbildlich ihren Dienst. Über zwanzig Jahre dient sie bereits im gleichen Königsberger Haushalt. Die Familie zieht vom Tragheim auf die Hufen. Auguste zieht mit, wie auch der Papagei, den Auguste nicht ausstehen kann. Dem aufmerksam lauschenden Vogel ist Augustes häufiger Ausruf nicht entgangen: „Wat mott eck mi ärgere; wat mott eck mi ärgere."
An einem Apriltag ist großes Reinemachen. Die Sonne scheint freundlich, und der Papagei wird in seinem Vogelbauer in die Sonne gestellt. Aber wie es in diesem wetterwendischen Monat eben zugeht, es schneit bald wieder. Auguste ist zu sehr mit Besen, Staubtuch und Klopfer beschäftigt, um an den Vogel zu denken. Als sie zufällig während ihrer Arbeit durch die zum Balkon führende hohe Glastür blickt, bietet sich ihr ein seltsames Bild: Der Papagei trippelt in seinem mit Schnee bedeckten Bauer herum und prängelt fortwährend: „Wat mott eck mi ärgere; wat mott eck mi ärgere . . ." Da mußte selbst Auguste lachen.

Meister im Wald

Anfang der dreißiger Jahre in Masuren. Die Sommergäste aus dem Reich fanden auch schon dorthin. Ein Neuer hatte sich bei K. in W. einlogiert und genoß nun fleißig die Umgebung.

Eines Tages fällt ihm ein: In diesen großen Wäldern müßte doch eigentlich auch Waldmeister wachsen (wahrscheinlich war er ein Freund von Bowlen). Er sucht aber tagelang vergeblich. Da sieht er eines Tages einen etwa zwölfjährigen Jungen, der am Seerand seine Kühe hütet.

„Sag mal, mein Junge, gibt es hier keinen Waldmeister?" Der versteht das Hochdeutsch nicht gleich. Der Sommergast wiederholt die Frage, und endlich hat der Junge begriffen: „Nei, hier jiebt bloß Hegemeister!"

Eens Dridder!

Der Bahnhof Wöterkeim liegt an der Strecke Königsberg—Korschen—Lötzen. Am Fahrkartenschalter steht eine Frau und verlangt eine Fahrkarte dritter Klasse. Der Beamte fragt nach dem Fahrziel. „Gäwe Se mi eens Dridder", erwiderte die Frau beharrlich. „Sie müssen mir aber sagen, wo Sie hinfahren wollen, sonst kann ich Ihnen keine Fahrkarte aushändigen", erklärt der Mann am Schalter. „Eck wöll eens Dridder! Weiter geiht Enne gar nuscht an, wo eck hennreise wöll."

Im Ärger über die durch die Frau entstehende Verzögerung mischt sich ein älterer Herr in das Gespräch und ermahnt sie, sich nicht so störrisch zu zeigen. Der Zug müsse bald kommen, und noch viele Leute wollten am Schalter abgefertigt werden. „Na scheen", sagt die Frau. „Gäwe Se mi eens Dridder noa Korsche." Der Beamte gibt ihr die verlangte Karte, und sie verläßt den Schalterraum. — Draußen aber triumphiert sie: „Nu hew eck em doch angescheete; eck foahr noa Lötze!"

Ein Philosoph

Ein Offizier reitet im Kreis Ortelsburg über Land. Unterwegs begegnet er einem bäuerlichen Fuhrwerk, das mit zwei struppigen und ungepflegten Pferden bespannt ist. Der Reitergeist des Offiziers empört sich, und er hält dem Bauern den verwahrlosten Zustand der Pferde vor. Nach Worten des Tadels preist er die Folgen einer regelmäßigen Wartung der Pferde, denen ein häufiger Gebrauch von Striegel und Bürste nur gut tun würde.
Gelassen hört der Bauer dem Offizier zu, dann lächelt er nachsichtig über dessen Eifer und hebt leicht die Schultern:
„Herr General, — wer putzt dem Haas, wer putzt dem Reh . . .?"

Lange her

Ein Frauchen sitzt beim Zahnarzt, und der ist nun zwischen zwei Bohrungen bemüht, die Patientin von ihren Schmerzen etwas abzulenken. „Haben Sie Kinder?" fragt er. „Ja", lautet die Antwort, vier habe sie; tüchtig müsse man arbeiten, um alle durchzubringen. Teilnahmsvoll erkundigt sich der Zahnarzt: „Ist Ihr Mann schon lange tot?" — „Ja, ja, der is mir all' als Breitgam gestorben."

Physikalische Beobachtung

Der Schulrat verfolgt den Unterricht in einer Dorfschule. Das Thema Wärme wird behandelt, und der Schulrat will den Unterrichtsstoff anschaulicher gestalten. Er unterbricht also den vortragenden Lehrer und sagt: „Also, Kinder paßt einmal gut auf. Ich komme von draußen herein; es ist kalt, und ich reibe mir die Hände. Was entsteht dann?"
Karlchen meldet sich freudestrahlend: „Lauter kleine schwarze Wurstchens, Herr Schulrat!"

Die Ausnahmen

Einer meiner Vorgänger auf dem Hof war Großbauer W., der nur Plattdeutsch sprach und zu allen Menschen du sagte. Als er einen Neubau auf dem Hof ausführen lassen wollte, beschloß er, sich rechtzeitig mit Schnaps einzudecken, um Handwerker und Arbeiter bei guter Laune zu halten. Daher spannte er seinen großen Rappwallach an und fuhr zur Grafschaft R., wo damals eine Brennerei in Betrieb war. Er ließ sich beim Grafen K. melden, brachte sein Anliegen vor und äußerte zum Schluß: „Fief Ohm Schnaps woar eck di betoahle un dem sechste warscht mi so gäwe."
Der Graf hatte Sinn für Humor. „Mein lieber W.", fragte er, „reden Sie grundsätzlich alle Menschen mit du an?"
„Sunst alle, man bloß di nich un dem Herrn Pfarr", lautete die Antwort. A. S.

Besorgte Frage

Eine Frau kommt im starken Gedränge zum Fahrkartenschalter des Bahnhofs einer kleinen ostpreußischen Stadt. Angstvoll fragt sie den Beamten im Hinblick auf den unerwartet regen Reisebetrieb: „Ei, e Billjettche nach Preisch-Eylau, is keins mehr, nei?"

Der Vergleich

Als Onkel Fritz jung war und in Königsberg die Schule besuchte, bereitete es ihm einen großen Spaß, die Fischhändlerinnen zu necken. Doch diese waren gewitzt und deckten mit ihrem flinken Mundwerk jeden zu, der sich mit ihnen „zerrjen" wollte. Auch Onkel Fritz gelang es trotz einiger ziemlich unhöflicher Versuche nicht, die Frauen auf Touren zu bringen. „Kick dem Gnoss", meint eine zu ihrer Nachbarin, „is man so grot wie e Stint und hewt e Mul wie e Haifisch!" H. H.

Billiger zu haben

Mitglieder des Landwirtschaftlichen Vereins Kuddern unternahmen gemeinsam eine Seereise nach Swinemünde. Bis Pillau sollten die Teilnehmer mit der Bahn fahren und dann dort auf das Schiff umsteigen.

K. aus Kuddern war auch mit dabei, doch schon während der Fahrt von Pillau nach Zoppot überwältigte ihn die Seekrankheit und so verlor er die Lust, noch weiter mit dem Schiff zu reisen. In Zoppot ging er von Bord, verabschiedete sich von der Reisegesellschaft und fuhr mit der Bahn wieder nach Hause. Da er als einziger zurückgekehrt war, wurde er mit Fragen bestürmt, was denn eigentlich geschehen sei. K. gab die folgende einleuchtende Erklärung ab: „För mien Geld kann eck ok in Kuddere kotze."

Sage vom Bandwurm

Die folgende Geschichte hat sich in Königsberg um die Jahrhundertwende zugetragen, und meine Großmutter erzählte sie des öfteren. Sie fuhr nach Königsberg zu ihrer Patin, die eine recht energische und humorvolle Frau war; wegen ihres treffenden Witzes sah man sie überall gern. Aber sie litt an einer fixen Idee; sie bildete sich nämlich ein, einen Bandwurm zu haben.

Zu ihrem Leidwesen neigte die Patin ein wenig zur Korpulenz, und um nicht noch mehr Pfunde zuzunehmen, aß sie kein Abendbrot. Wenn sie nachts vor Hunger Magenknurren bekam, weckte sie ihren Mann, den guten Onkel Ottokar, und klagte, sie könne nich' schlafen, der verwünschte Bandwurm brülle wieder so laut. Ottokarchen mußte auch an jedem Morgen seine Eheliebste tüchtig schnüren, denn damals waren die Wespentaillen modern, und die Patin wollte doch nur zu gerne eine schlanke Taille vortäuschen.

Einen Sohn hatte sie auch. Willichen, zur damaligen Zeit Referendar. Mit ihm und Lieschen wollte die Patin nun ausgehen. Man bummelte gemächlich durch die Stadt, denn die Patin konnte nicht so schnell laufen. Zwei Gründe hinderten sie merklich: erstens hatte sie neue Schuhe an — Pariser Modell (eine Nummer kleiner angegeben, als sie wirklich waren) und zweitens war sie an diesem Tage besonders stark geschnürt, damit ihr die von der Schneiderin soeben erst gelieferte Robe auch paßte. Daher überholten die meisten Passanten diese drei langsamen Spaziergänger. Allmählich fiel es diesen auf, daß viele Leute sich nach der Patin umdrehten und lachten. Dieses Verhalten mußte doch eine Ursache haben, dachte die Patin folgerichtig, und sie beorderte ihren Sohn: „Willichen, bleib stehen und sieh uns nach, warum diese Dämels so grinsen . . ."

Willichen blieb gehorsam stehen, doch nur ein Weilchen. Leichenblaß eilte er der Mutter Patin nach und stammelte: „Mutter . . . dein Bandwurm!" Ein Schrecken betäubte fast die Angeredete: ihr fiel ein, daß sie am vorhergehenden Abend ein „unfehlbares" Mittel eingenommen hatte, um das Teufelsvieh endlich zu töten. Und nun war zu unpassender Stunde der Erfolg da — mitten auf dem Steindamm! Sie kämpfte mit einer Ohnmacht. Zu allem Unglück bemerkte Willichen das Herannahen seines Professors. Diese Blamage! Nicht auszudenken! Kurz entschlossen zog der Sohn die Patin in den nächsten Hausflur. Die Patin aber hatte sich wieder in Zucht genommen, und mit der ihr eigenen Courage befahl sie Willichen, das kompromittierende Biest einfach herauszuziehen. Er sträubte sich anfangs, diesen peinlichen Samariterdienst zu verrichten, aber gegen den Willen der Patin kam er nicht an. So begann er ergeben sein Werk, riß ein Notizblatt aus und zog . . . zog . . . das Vieh schien kilometerlang zu sein.

Plötzlich schrie die Patin auf. Es gab einen Krach: die Robe platzte! Der vermeintliche Bandwurm war — die Korsettschnur!

U. G.

Putenbraten nach Geschmack

Bei der Einsegnung meiner Schwester, zu der viele Gäste geladen waren, saßen wir in feierlicher Stimmung bei Tisch. Es gab eine köstlich duftende braune Pute, die, um jedem Geschmack Rechnung zu tragen, vorne — am Hals — eine süße Rosinenfüllung hatte, während sie im Innern mit einer scharfen pikanten Füllung versehen war. Das servierende Mädchen sagte nun, wohl auf Anordnung der Kochfrau, leise zu jedem einzelnen Gast: „Bitte, Pute, vorne süß und hinten pikant!" Mit der feierlichen Stimmung war es natürlich vorbei.

H. A

Verrechnet

Der Besitzer Sch. fuhr mit seinem Kutscher nach Hause. Auf dem Landweg lag kurz vor der Hofeinfahrt ein großer Stein. Es gab einen Stoß; so heftig war der Aufprall, daß der Besitzer fast aus dem Wagen geschleudert wäre. Ärgerlich rief er dem Kutscher zu: „Kannst nich aufpassen!"

„Eck docht', eck truf em nich, oawer eck truf em doch!" meinte der Rosselenker in unerschütterlichem Gleichmut.

Die Antwort

Deutsche Ostmesse in Königsberg 1936; Tausende drängen sich durch den Haupteingang. Nicht weit davon steht ein funkelnagelneuer Sportwagen, dessen Besitzer sichtlich die Aufmerksamkeit genießt, die sein Wagen erregt. Unter die Menge der Bewunderer mischt sich auch ein Schornsteinfegerlehrling, der zufällig vorbeischlendert. Der mit einem modisch karierten Sportanzug bekleidete Herrenfahrer ulkt in einem etwas schnoddrigen Ton den schwarzberußten Betrachter an: „Um wen trauerst du denn?" — Doch der Jüngling wirft ihm nur einen verächtlichen Blick zu: „Na, um die karierten Oap doch nich!"

Ulanenritt

Es war in der Zeit, als noch die stolzen Ulanen in Insterburg in Garnison lagen. Einer der Reiter hatte Urlaub erhalten und befand sich auf dem Wege zu seinem Elternhaus. Als er durch das Kirchdorf schritt, bog die Viehherde des Gutes von einem Feldweg ein. Vor ihr stampfte ein stattlicher Bulle.

Der muß nun an diesem Tage nicht gut gelaunt gewesen sein, denn als er den Mann in der schlanken, blauen Ulanka mit den blitzenden Knöpfen erblickte, senkte er brummend sein Haupt und ging auf den Ulanen los. Dieser blieb stehen. Vor dem grimmigen Bullen wegzulaufen, erschien ihm feige, und er mochte vor der Dorfjugend nicht das beschämende Bild eines flüchtenden Soldaten bieten. Mit einem Satz schwang er sich auf den Rücken des Bullen, ergriff den Schwanz des Tieres und hielt ihn hoch. Seinem ungewöhnlichen Reittier gab er dreist die Sporen in die Seiten, und er raste mit ihm durch die Dorfgasse. Menschen, Hühner, Hunde und Gänse suchten das Weite; Geschrei, Gebrüll, Gekläff und Geschnatter hallten Reiter und Tier nach. Auch dem Bullen war es nicht geheuer, und Schutz suchend rannte er in seinen gewohnten Stall. Dort sprang der Ulan gewandt ab, klopfte dem Koloß auf den Rücken und sagte: „So, du Krät, nun warscht du ons Hulanersch ute Sied goahne!"

Der weitere Weg des Ulanen zu seinem Elternhaus gestaltete sich zu einem Triumphzug, denn jung und alt

— die Marjellens nicht zu vergessen — sandten dem beherzten Reitersmann bewundernde Blicke nach, und immer wieder hörte man die Worte: „Dat ös er!"

Die Doktorsche

Vor dem Kriege arbeitete ich als Sprechstundenhilfe in Königsberg auf dem Sackheim in der Praxis eines bekannten Arztes. Er hatte zu jener Zeit als Mitarbeiterin eine Ärztin, die zufälligerweise dieselben Anfangsbuchstaben führte wie er, nämlich Dr. S.
Wir wußten, daß einem 75jährigen Patienten nicht mehr zu helfen war. Seine Tage waren gezählt; er lag im Sterben.Die Angehörigen baten telefonisch, ihm doch seine großen Schmerzen zu lindern. Da Dr. S. vollauf zu tun hatte, bat er seine Kollegin, dem Patienten einen Besuch abzustatten. Frau Dr. S. beobachtete den Zustand des Kranken und führte zur Schmerzlinderung ein Zäpfchen ein.
Am nächsten Morgen vernahm ich im Wartezimmer wie ein alter Freund des Kranken den Anwesenden dessen Tod mitteilte: „De Herr Doktor, dat is noch e Mann, de kann wat. He hewt mienen ollen Frind immer geholpe. Nu käm doch gistre so e Doktorwiev, stökt mienem Frind e Poppe inne Noarsch un let em starwe!"

E. B.

Unmöglich

In einer Dorfschule in B. drücken die ABC-Schützen zum ersten Male die Schulbank. Der Lehrer erzählt vom Osterhasen und fragt, was sie alles im Osternest gefunden hätten. Darauf plappern die Kleinen aufgeregt durcheinander. Bei der Gretel waren's Schokoladeneier, bei Peterchen ein Schokoladenhäschen und ein Küken, und Fritzchen berichtet freudestrahlend, er hätte in seinem Nest sogar Apfelsinen gefunden. Darauf Franz ganz entrüstet. „Goah, goah, Mönch, so grotem Noarschke hätt de Osterhoaske doch goar nich!"

Kurze Ruhepause

Franzke war ein lieber Kerl, doch hielt er von der Arbeit nicht viel. Das veranlaßte auch wohl seinen Vater, den Hof der Tochter und nicht dem Sohn zu verschreiben. So arbeitete Franzke nun als Knecht auf dem Hof unter der Leitung seines Schwagers weiter. Ich besuchte ihn in der Erntezeit und fragte, wie er sich denn bei den veränderten Verhältnissen in der Wirtschaft fühle. Darauf erhielt ich die folgende Antwort: „Der Otto (der Schwager) is ein feiner Kerl, man bloß das Arbeiten! Wenn wir morjens raus missen, denn hat die Mütz am Haken vom Abend noch nicht ganz ausgependelt!" W. G.

Im Hühnerstall

Fritzchen, er ging gerade im ersten Jahr zur Schule, war wieder einmal sehr unartig gewesen, so daß es der Mutter schließlich zu viel wurde. Kurzerhand sperrte sie ihn in den Hühnerstall. Zunächst drang großes Geschrei aus dem Stall, aber plötzlich wurde es ruhig. Dem Jungen war eine fürchterliche Drohung eingefallen. Und so hörte die davongehende Mutter: „Sperr mich man ein, sperr mich man ein! Bloß daß ich Eier legen werd, das bild dir man nich ein!"

Ein Mißverständnis

Bauer L. bei Szillen hat geschlachtet. Am andern Tag ist die Frau damit beschäftigt, das Fleisch in Blechbüchsen zu tun. Weil die Büchsen aber schwer zugehen, will die Frau ihren Mann zur Hilfe holen. Sie tritt auf die Schwelle des Hauses und ruft: „Fritz, komm moak mi de Böxe to." — „Nanu, kannst du denn de Klapp oder de Kneep nich finde?" schallt es aus der Scheune zurück. „Aber doch nich miene, de Fleeschböxe sullst tomoake."

Der Hahn

Noch in den ersten Jahren dieses Jahrhunderts war der Ortspfarrer zugleich Ortsschulinspektor. In jedem Jahre fand in der Kirche die „Kirchen- und Schulvisitation“ statt. Sämtliche Lehrer des Kirchspiels hielten öffentlich im Altarraum eine Lektion. Auch mein Großvater war mit seiner Klasse die drei Kilometer zum Kirchlein gewandert und übte unterwegs noch einige Fragen und Antworten. Er hatte die biblische Geschichte von Petri Verleugnung vorbereitet, in der ja der Hahn dreimal kräht. Als er nun vor der ganzen Gemeinde seine Lektion begann, stellte er die Frage: „Was macht der Hahn?“ Er erwartet die einstudierte Antwort, daß der Hahn krähte. Ein stämmiger Lorbaß aber trompetete in die volle Kirche: „Er kriecht auf dem Huhn!“ H. H.

Keilchen-Verschwörung

Im östlichen Teil des Kreises Pr.-Holland vagabundierte — es ist schon lange her — ein Mann umher, der die Sorgen um seinen Unterhalt vertrauensvoll anderen überließ; er schätzte die Arbeit nicht. Den Dorfbewohnern war er wohl bekannt, obwohl sie seinen rechten Namen nicht wußten. Er wurde „Prinz Karl“ genannt, weil er in abgetragenen Soldatenröcken herumstolzierte und seine Brust mit allerlei seltsamen Orden schmückte, die ihm junge Burschen „verliehen“ hatten. (Die Spender hatten die Auszeichnungen als Prämien an Schießbuden, beim „Herkulesschlagen“ und bei ähnlichen Kraft- und Geschicklichkeitsprüfungen erworben.) Prinz Karl aß nun aber beileibe nicht alles, was ihm angeboten wurde. Mit tiefer Abscheu wies er zum Beispiel Obstkeilchen zurück.
Einmal kam er nun zur Mittagszeit von Kl.-Quittainen nach Döbern und sprach beim Bauer E. vor, um ein Mittagessen zu erbitten. Zufällig gab es im Hause gerade Obstkeilchen, und es wurden ihm auch einige ange-

boten. Doch Prinz Karl schüttelte sich mit Abscheu und sagte: „Ih eß keine Obstkeilchen!" Er verließ den Hof und wanderte die Straße zum Bauern H. Während er diesen Weg ging, brachten die Kinder des Bauern E. rasch eine Portion des verschmähten Gerichts durch den Garten in das Haus zu A. Als nun Prinz Karl dort anklopfte, erhielt er die Auskunft, daß es heute Obstkeilchen gäbe. Verärgert rief er: „Ich eß keine Obstkeilchen!" und zog weiter. Das Gericht wurde abermals durch den Garten zum Nachbarn W. gebracht und dort dem hungrigen Prinz Karl zum dritten Male serviert. Das gleiche geschah beim Bauern N. Als es dort zum vierten Male dem ordensfunkelnden Besucher gezeigt wurde, wurde es ihm zu dumm. Mit einem gräßlichen Schimpfen und den Worten: „Freßt ihr heit' in ganz Döbern Obstkeilchen?" verschwand er aus dem Haus und verließ sofort den Ort.

Elefantenkünste

Mit frohen und erwartungsvollen Herzen fuhren wir 1937 als Schulkinder unter Obhut des Herrn C. von Grünhaus nach Gumbinnen, um dort eine Zirkusvorstellung zu besuchen. Wir kamen aus dem Staunen nicht heraus, denn jede Nummer brachte etwas Neues; Zauberei, Tierdressuren und Akrobatik und andere Kunststücke von Menschen und Tieren.

Wieder in Grünhaus angelangt, sollten wir einen Aufsatz über das im Zirkus Gesehene schreiben; Lehrer C. wollte, daß wir das Erlebte noch eine Weile in Erinnerung behalten. Die Aufsätze waren in ihrem Inhalt fast die gleichen, nur Elly Pl., der die Leistung eines Tieres ganz besonders aufgefallen war, wich mit ihren Ausführungen wesentlich von den anderen Arbeiten ab; es hieß dort u. a.: „. . . und ein Elefant schlug mit dem Zagel Pauke!" K. H.

Der Kopf

Emil hatte in seinem Gespann den soeben eingefahrenen Dreijährigen und den „Varrickten", einen recht nervösen Rappwallach, mit dem der Inspektor auf dem Markt hineingelegt worden war. Eines Tages fuhr Emil ausgerechnet mit diesen beiden Pferden in einem Klepperwagen davon, um Stückgut zur Bahnstation zu bringen. Nach einer kurzen Weile war er wieder da. Die Pferde waren durchgegangen; Emil war aus dem Wagen geschleudert und mitgeschleift worden.
Noch am nächsten Tage war sein Kopf verbunden. Der Inspektor, der infolge seines schlechten Pferdekaufs sich insgeheim bittere Vorwürfe machte, erkundigte sich besorgt: „Is' schlimm, Emil?" — „Aber nei", erklärte der Befragte, „mit dem Kopp vertrag' ich noch das meiste!"

Verschwägert

Die alte Sz. ist als Zeugin vor Gericht geladen. Ihre Personalien werden aufgenommen, und es wird die übliche Frage gestellt, ob sie mit dem Angeklagten, dem zweiundzwanzigjährigen Gespannführer Franz E., verwandt und verschwägert sei.
„Aber mein Jottchen, Herr Gerichtsrat", ereiferte sich die Zeugin, „ich alte Frau mit dem jungen Bengel?"

Erst der Anfang

Die Frau des Kleinbauern brachte Zwillinge zur Welt. Als die beiden jungen Erdenbürger gewaschen und gebettet waren, durfte das schon vier Jahre alte Karlchen einen Blick in den eiligst zum Bettchen hergerichteten Wäschekorb tun. Er staunte die neuen Geschwisterchen an und lief in heller Aufregung zum Vater, der auf einer Wiese Gras mähte. „Voaderke, Voaderke, kimm tohus, wi krieje Kinner, een Waschkorf ös all' voll!"

Zuviel Durst

Die verwitwete Frau Pfarrer R. in O. hatte zu ihrem Geburtstagskaffee die Damen ihres Kränzchens eingeladen. Da sie selbst nicht mehr die jüngste war, hatte sie zur Bedienung ihrer Gäste Auguste als Aushilfe engagiert. Der Kaffee war ausgetrunken, der Kuchen vertilgt, der Durst aber noch nicht gestillt. So wurden noch einige Flaschen Wein spendiert. Auguste hatte genaue Weisung erhalten, mit der Weinflasche immer zur Stelle zu sein und jeden Gast, dessen Glas leer war, sogleich zu fragen, ob sie nochmals einschenken dürfe.

Man hatte sich warm geredet, auch der heiße Kaffee und der gute Kuchen hatten von innen eingeheizt. So war der Durst erheblich, und die Gläser waren immer schnell wieder leer. Auguste wurde mit ihrem Fragen und Einschenken kaum noch fertig. Als wieder einmal die Gläser gefüllt waren und sie schweißtriefend sich am Ende ihrer Kräfte fühlte, wurde ihr die ewige Fragerei schließlich zu dumm. Mit der Weinflasche in der Hand neben der Tafelrunde stehend, rief sie verzweifelt mit lauter Stimme: „Durscht sonst noch wem?"

Höfliches Benehmen

Der Kämmerer P. war ein tüchtiger Mann, die zuverlässigste Stütze des Hofherrn. Es trifft sich aber nicht oft, daß der Landmann, der Sense und Pflug zu führen versteht, zugleich auch behend in der Rede ist. Auch des Kämmerers P. Wortschatz war nicht groß. Fand er nicht sofort den passenden Ausdruck, so bediente er sich einfach eines Verlegenheitswortes, das er überall einsetzte, ohne viel Rücksicht darauf zu nehmen, ob es auch an richtiger Stelle stand.

Das Gut lag bei Labiau. Der Speicher war gefegt, einige Meter Streuselkuchen und Fladen waren gebacken, die Achtel Bayrisch Bier anzapfbereit, und fünf Musikanten

aus Königsberg waren gekommen. Das Erntefest konnte also beginnen. Alle Gutsleute hatten sich auf dem zum Tanzboden hergerichteten Speicher versammelt und erwarteten den Gutsherrn. Als der Arbeitgeber mit den Seinen eintraf, gab Kämmerer P. der Musikkapelle ein Zeichen, und dann hielt er folgende Ansprache: „Musikantersch, spält moal Vivat hoch: De gnädje Herr, de gnädje Fru, dat gnädje Freilein, de Herr Inspekter un' dat ganze hochherrschaftliche Schiet lew' hoch!"
Die Musikanten bliesen einen Tusch, aber er mißriet ziemlich, weil sie zu sehr lachen mußten. Kämmerer P. aber freute sich seiner so höflich gedrechselten Rede, denn erstens hatte er niemand zu erwähnen vergessen, und zweitens hatte er vor den Sammelbegriff „Schiet", den er für alle bekannten Dinge seiner Umwelt anwandte, höchst ehrerbietig die Bezeichnung „hochherrschaftlich" gesetzt. Konnte es da noch eine Steigerung höflichen Benehmens geben?

Der Trost

Eine ältere Dame, die längere Zeit krank zu Bett lag, wurde nach ihrer Genesung von Verwandten auf ein Gut im Kreise Gerdauen eingeladen. Die Hausfrau bemühte sich, den lieben Gast zu pflegen, und so wurde die Genesende tüchtig gepäppelt. Nach vier Wochen hatte sie sich gründlich erholt. Am Tage vor der Abfahrt ging sie in das Meiereigebäude und bat den dort anwesenden Schweizer, sie zu wiegen. Zu ihrer Überraschung stellte der Schweizer auf der Waage jedoch nur eine Gewichtszunahme von zwei Pfund fest. „Wie ist das nur möglich, bei der Mast, die man mir hier angedeihen ließ!" rief verwundert die alte Dame aus. Da meinte erklärend und zugleich tröstend der Schweizer: „Gnädje Frau, is wi im Stall. Altes Vieh is immer schlecht zur Mast."

Nur das Kleidchen

Mein Großvater war Bahnwärter an der Berliner Strecke. Sein damals vierjähriges Söhnchen lief ihm in seinem kurzen Kittelchen immer um die Füße herum, um ja keinen der vorüberrollenden Züge zu verpassen. Es kümmerte sich dabei nicht um den scharfen Nordost, der heftig über den Bahndamm strich; der kleine Kerl war schon ganz blau gefroren.
„Jung, goah in de Stow", meinte der besorgte Vater, du frörst mi to doll." — Doch der Kleine erwiderte eifrig: „Nee, nee Voaderke, eck frör nich; man bloßig mien Kleedke zöttert so." E. B.

In guter Hut

Wer einmal das lange Tranchiermesser in der Hand hatte, weiß, daß das Zerteilen einer gebratenen Ente gar nicht so einfach ist. War die Schüssel so flachrandig und drückte der Hausherr zu kräftig auf, so konnte es geschehen, daß die Ente noch einen kühnen Satz machte. Das passierte auch bei einer Gesellschaft im Gutshof X., der Entenbraten glitschte von der Schüssel unter den Tisch. Alle Anwesenden sprangen erregt auf, denn der Jagdhund lag zu Füßen seines Herrn. Nur der alte Förster blieb ruhig sitzen und meinte: „Was regen Sie sich eigentlich auf, meine Herrschaften? Der Hund kriegt die Ente nicht, ich hab all' längst meinen Fuß oben!"

Na, na . . .

Karl, der Knecht vom alten Guddat, flunkerte mächtig, und man konnte ihm unmöglich alles glauben. Auch nicht die Geschichte, die er von der Kurzsichtigkeit des alten Guddat erzählte: „Jistre ging de Buer fröh noahe Wees. Da stelzte de Oadeboar rumm. ‚Gode Morge, Kardel', säd doa de ohl Guddat tom Oadeboar, ‚schon so fröh in Hemdsärmel, wascht di nich verköhle?"

Lebende Fische

Königsberger Fischmarkt, ein älteres dürres Fräulein piepst vorwurfsvoll: „Auf Ihre Tafel schreiben Sie ‚Lebende Fische', aber die Fische springen gar nicht!" — „So?" meint die Händlerin mit einem spöttisch-mitleidigen Blick auf die mäkelnde, spacheistrige Kundin, „springen *Sie*?"

Die Probe

Frau Bürgel hatte vom Haff armdicke Aale ins Haus geliefert bekommen und sich einige Gläser davon eingeweckt. Zu ihrem Leidwesen entdeckte sie nach kurzer Zeit, daß ein Glas offen war. Wie schade! Die schönen fetten Aalstücke im Glase lockten so sehr und sahen so appetitlich aus. Aber Fischgift ist gefährlich, sie mochte doch nicht mehr die Aale essen. So gab sie mittags ihrer Aufwartefrau das Glas mit und bat, doch die Aale den Schweinen zu geben. Am nächsten Tage bedankte sich die Frau herzlichst und sagte, die Aale hätten wunderbar geschmeckt. „Was, Sie haben die Aale selbst gegessen?" fragt Frau Bürgel. „Na ja", sagt die Frau, „erst gaben wir der Oma", und nach einer Weile: „und als die nich krank wurd, da aßen wir alle."

Die Macht der Gewohnheit

Auf dem Geburtstagskaffee, den Frau Pfarrer W. in L. gibt, befindet sich unter den Gästen auch die Frau Superintendent H. Sie ist sehr betagt, und so nickt sie schließlich an der Kaffeetafel ein. Man will der alten Dame die peinliche Situation ersparen, die beim Erwachen eintreten könnte. So unterhält man sich ruhig weiter und läßt Frau H. durch das Mädchen aus größerer Höhe Kaffee eingießen. Das plätschernde Geräusch würde wohl genügen, die alte Dame zu wecken. Es genügte auch. Frau Superintendent rührt sich, und ehe sie die Augen recht auf hat, hört man von ihr deutlich die klassischen Worte: „Eberhard, bist du schon auf?"

Ordnung muß sein

Im Kreisort H. lebte um die Jahrhundertwende ein altes Original namens Schäfer, das in seiner Person die Ämter des Totengräbers, Balgentreters und Nachtwächters vereinte.
Eines Tages hatte ihm der Landrat befohlen, um Mitternacht den Regierungspräsidenten vom Landratsamt abzuholen und zum Hotel zu geleiten. Straßenbeleuchtung gab es damals noch nicht im Ort.
Schäfer mit Schafpelz, Horn, Spieß und Laterne war pünktlich zur Stelle. „Also dann gehen Sie voran, Schäfer", sagte der hohe Herr. Der Weg führte an der Kirchhofsmauer entlang, vor der drei große Chausseewalzen abgestellt waren. Die Nachtwächterlaterne erhellte den beschneiten Pfad.
Plötzlich ertönte aus dem Dunkel des Friedhofs eine klägliche Stimme: „Schäper, kömmst boald?"
Der Präsident schrak zusammen und rief erregt: „Schäfer, was ist das? Was will der Kerl von Ihnen?"
Schäfer, der sonst kein Wort hochdeutsch sprach, riß die Knochen zusammen und meldete: „Herr Präsident, das ist mein Arrestant, der hat zu warten, bis ich ihn abhole und einsperre."

Die vier Buchstaben

In der Landwirtschaftlichen Hausfrauenschule in Metgethen erschien ein höherer „Würdenträger" zu einer Besichtigung. Er ließ es sich nicht nehmen, anschließend eine Ansprache an die Schülerinnen zu richten, wobei er u. a. folgendes erklärte: „Meine lieben jungen Freundinnen, Sie führen die schöne Bezeichnung „Maid". Haben Sie wohl schon einmal darüber nachgedacht, was diese Buchstaben bedeuten? Nun: M = Mut, A = Ausdauer, I = Idealismus und D = Demut. Halten Sie bitte Ihre vier Buchstaben immer hoch!"

Vermehrter Viehbestand

Ein lebenslustiger Junggeselle, der die Landwirtschaft nur als lästigen Nebenberuf betrachtete, wirtschaftete das Gut B. völlig herunter. Da wurde unter den Berufskollegen die Nachricht verbreitet, er habe geschworen, seinen Lebenswandel zu ändern und das verlodderte Gut in eine Musterwirtschaft zu verwandeln. Als nun nach einiger Zeit ein Gutachter den Besitzer von B. fragte, ob er sein lebendes Inventar schon habe vermehren können, entgegnete dieser mit einem Sprechfehler Behaftete: „Ja, g-g-gewiß, ich h-a-h-habe sch-schon achtzig St-St-Stück." — „Donnerwetter!" staunte der Nachbar. Doch der Satz war noch nicht zu Ende ... „Aber das m-meiste sind H-Hühner."

Enttäuscht

Der kleine Schulanfänger Erich S. lehnt sich in der großen Pause gelassen an einen Kastanienbaum und packt sein Frühstücksbrot aus. „Na, Erich", sagt der Lehrer, „hat dir die Mutter etwas Ordentliches aufs Brot gelegt?" — Da entgegnete der Kleine: „Dat docht öck, oawerscht öck klapp opp — Hundschiet! — ös nuscht!"

Er fällt nicht rein

In Königsberg pendelte die „Dittchenfähre" eifrig vom Kneiphof zur Lastadie. In den Jahren vor 1914 hatte der Fahrgast nur einen Pfennig für die Überfahrt zu entrichten. Es gab für den Fährmann einen ärgerlichen Aufenthalt, wenn er ein größeres Geldstück wechseln mußte, und er schimpfte dann recht grob. Sein grobes Betragen, an dem schon viele Leute Anstoß genommen hatten, drang auch zu Ohren des Polizeipräsidenten. Der Polizeigewaltige beschloß, sich selbst von dem ungehörigen Benehmen des Fährmanns zu überzeugen. Er ließ sich zum Kneiphof fahren, stieg aber schon in der Kneiphöfischen Langgasse aus und ging zur Abfahrtsstelle am Kai. Zwar war er in Zivil, aber die ihn kennzeichnende große Nase konnte er nicht verbergen. Der Polizeipräsident legte ein silberes Mark-Stück hin. Mit höflichen Worten gab der Fährmann neunundneunzig Pfennig heraus. Der Polizeipräsident konnte sich nicht enthalten zu bemerken: „Ich freue mich darüber, daß Sie so höflich sind, denn man sagt Ihnen nach, daß Sie sehr ungern Geld wechseln."
Darauf grinste der Fährmann den hohen Fahrgast an: „Sie denken wohl, ich kenn Ihnen nich? Sie sind der Polizeipräsident! Nu kommen Sie her, geben eine Mark und glauben, ich werd' grob werden . . . ha, ha! Ich werd' Ihnen was schieten!"

So dankbar

In einem Dorf in der Nähe von Gumbinnen steht Franz Pl. im Hochsommer im Garten bei seinen Bienen und streichelt mit ganz verzücktem Blick die Stöcke. Kommt sein Nachbar vorbei. „Na, Franz, was moakst du da?" — „Ach, de Tierche sind ja so dankbar!" — „So, so, hast so viel Honig?" — „I nei, das war mager dies Joahr?" — „Na und?" — „Aber gistre wär der Gerichtsvollzieher hier und da wäre de Tierche so dankbar."

Er räumt auf

Wilhelm und Albert hatten einen gehörig zur Brust genommen, fühlten sich recht kräftig und sehnten sich nach Taten. Als sie an einem Lokal vorbeikamen, in dem es munter herzugehen schien, wurde Albert kiewig und sagte zu Wilhelm: „Du, Wilhelm, hier goah öck opprieme; bliew du man bute stoahne, un tell, wieveel öck 'rutschmiet."
Nach einer Weile krachte die Tür auf und ein Mann flog mit Schwung hinaus. Wilhelm zählte „Eins". Doch da hörte er: „Hoal an, du Oap, dat bön öck!"

Selbstvorwurf

In einem Eisenbahnabteil auf der Strecke Tilsit—Heinrichswalde. Ein Reisender führt in einem Sack ein Ferkel als Gepäck mit. Durch die grunzenden und quietschenden Töne angeregt, entspinnt sich ein Gespräch über die Ferkelpreise auf dem Markt in Tilsit. Plötzlich schlägt sich meine Nachbarin, die sich bisher am Gespräch nicht beteiligt hatte, mit der flachen Hand leicht vor die Stirn und sagte: „Na, eck ohle griese Su, dat schwoarte Farkel nich to keepe!" W. K.

Lebensunterhalt

Ein Stückchen Speck, einige Schnitten Brot und ein Dittchen wurden dem alten G. immer gereicht, wenn er auf dem Hof erschien und auf seiner Fiedel herumkratzte. Aus den von ihm hervorgebrachten Tönen konnte man nur mit großem Wohlwollen bekannte Volksliedermelodien heraushören; von einem Kunstgenuß konnte jedenfalls keine Rede sein. Treuherzig meinte aber der Biedere, sowie er eine Gabe empfing: „Wenn ich meine Geig' nich hätt', ich mißt rein prachere (betteln) gehn!"

Fahren kann jeder

Der Chef reitet über Feld und trifft einen schwer beladenen Dungwagen an, der im aufgeweichten Landweg steckengeblieben ist. „Na, Johann, was ist hier los, kommst nich weiter?" fragt er den Gespannführer. — „Nee, de Beester wolle nich trecke!" — „Na, ich werd mal schieben helfen, vielleicht geht es dann!"

Es geht aber nicht. Nun meint der Gutsbesitzer: „Du kannst man nich fahren, komm 'runter vom Sattel, ich werd' mal das Gespann nehmen, und du kannst hinten schieben."
Der Chef schwingt sich auf die Sattelstute, reißt die vier Pferde zusammen, knallt mit der langen Peitsche über die Köpfe der Pferde und brüllt mit seiner Bärenstimme das Gespann an. Hinten schiebt indessen Johann, und schon rollt die Fuhre. Der Gutsbesitzer wendet sich im Sattel um und rühmt seine Fahrkünste. „Siehst, du kannst nich fahren! „Da grinst Johann: „I, Herrke, foahre kann öck schon, bloß jedder kann nich schuwe!"

Nettes Spiel

Einer meiner Vettern war Landarzt in einem großen Kirchdorf in der Memelniederung. Es geschah öfters, daß er in späten Abendstunden oder auch nachts nach außerhalb gerufen wurde. Da er das erste Stockwerk im Haus bewohnte, ließ er an der Haustür eine Kingel anbringen. Sie war die einzige im Dorf.
Er wollte sich bereits an einem späten Abend zur Nachtruhe begeben, als es stürmisch klingelte. Rasch öffnete er das Fenster, um zu fragen, wer nach ihm verlangte. Im Halbdunkel der Nacht sah er zwei Jungen, die er nicht genau erkennen konnte. Er hörte nur, wie der eine der beiden Lorbasse dem anderen zuflüsterte: „Kick moal, wenn hier unde opp dem Knopp dröckst, kickt oben de Doktor rut."   E. L.

Freundlicher Wunsch

Als ich in Königsberg in einem Büro tätig war, hatte ich einen Chef, der seiner großen Strenge wegen bei seinem Personal sehr unbeliebt war. Als er nun eines Tages der Reinmachefrau kündigte, und zwar aus einem nichtigen Grund, da meinte diese sonst immer recht friedfertige Frau: „Wissen Sie, was ich Sie wünsch? Zehn Kaulbarsch inne Noarsch, und dann verkehrt rausgezogen!" L. G.

Übertrumpft

Wenn im Herbst alles zugeackert war, begann daheim die gemütliche Zeit. Die Nachbarn hatten Muße, zusammenzusitzen und zu „schabbern". Einmal kam die Rede aufs Einschlachten, und der Bauer Mattukat flunkerte: „Eck hadd vorjet Joahr 'nen Hammel geschlacht; doll groot wer he nich, oawer sechzig Pund Fett hadd he doch!"

„Oach", meinte sein Schwager, der am Dorfrand neben einem großen Torfbruch wohnte, „dat es goar nuscht. Weet ju noch wie mi moal em Harvst e Gans verschwunde wär, onn em Fröjoahr käm se dann underem Iis vär on broacht noch twelf Gisselkes möt."

Gegenmeinung

Der Bauer Scherwarth war herrisch und verschlossen. Er liebte es nicht, viele Worte zu machen, verlangte aber, daß alle seine Anordnungen strikt befolgt wurden. Seine Familienangehörigen und Hofleute dirigierte er durch Zeichen. Zum Frühjahr stellte er einen neuen Knecht ein und erklärte ihm: „Das merk dir, ich sag nich viel, wenn ich mit dem Finger wink', dann kommst!"

Der Knecht erwiderte: „Herrche, wir passen gut zusammen, ich sag auch nich viel. Wenn ich mit dem Kopp schlacker, dann komm ich nich!" R. D.

Ohne Appetit

Frau Thulke lag krank zu Bett. Eine Bekannte besuchte sie und erkundigte sich nach ihrem Befinden. „Ach", sagt die Kranke, „der Spirgel auf der Pfann lacht dich rein an, aber — bist so unappetitlich — kannst rein nuscht nich essen."

Der Aufsatz

Wie es üblich war, machte der Herr Schulrat bei seinen Besuchen in den Dorfschulen seines Bezirks auch manchmal Stichproben in Form kleiner Aufsätze. So verfuhr eines schönen Tages auch mein Schwiegervater, der als Vertreter der Schulaufsichtsbehörde bei groß und klein seines Bezirkes wegen seiner ostpreußischen Gemütlichkeit äußerst beliebt war. In dem Dorf, zu dem die Schule gehörte, gab es mehr Pferde als Menschen. Was lag näher, als den Kindern im vierten Schuljahr ein Thema zu stellen, mit dem sie alle etwas anfangen konnten, eine Aufgabe mit der Überschrift: „Das Pferd."

Leichter konnte der Herr Schulrat es ihnen nicht machen, und auch der sonst gestrenge Herr Lehrer nickte beifällig, als das Thema mit schönen und klaren Buchstaben geschrieben an der Wandtafel stand. Da konnte nichts passieren, und der Herr Schulrat sollte wohl sehen, wie seine Zöglinge die deutsche Sprache und die Grammatik beherrschten! Die Köpfe waren tief gebeugt, die Griffel quietschten schrecklich auf den Tafeln, und die kleinen Stirne waren tief gefurcht ob der schweren Arbeit. Und dann war es soweit. Die Stunde war um. Der Herr Schulrat machte persönlich Stichproben und ließ sich diese und jene Tafel reichen. Neumanns Fritz hielt seine Tafel eilfertig entgegen. Seine Backen waren rot vor Freude, aber auch vor Anstrengung über das Geleistete, seine Augen blank und sein blonder Haarschopf stach aufgeregt in die Höhe.

Er hatte in seinen Aufsatz alles hineingelegt, was ihm so ein Pferd bedeutete. Alle Lebensfreude, allen Übermut, aber auch Kraft und alle Anspannung. Es mußte gut sein, was er da dem Herrn Schulrat aufgeschrieben hatte. Und da stand mit etwas unbeholfenen, aber festen Buchstaben hingeschrieben: „der ferd färzt." Ein dicker Punkt bekräftigte die inhaltsschweren Worte. Es war und blieb der beste Aufsatz in der immerhin fast vierzigjährigen Amtstätigkeit meines Schwiegervaters.
G. M.

Schlagfertig

Es ist ein schöner Septembertag, wir säen Weizen. Als wir an der Pflasterstraße mit der Drillmaschine umdrehen wollen, kommt gerade unser alter Herr zu uns. Er war ein großer und stark beleibter Mann, und er sprach gern platt. Wie wir so stehen und uns erzählen, da kommt im Trab ein Nachbleiber von der Schule, ein Junge von einem Instmann aus K., etwa zehn Jahre alt. Einen langen Riemen hatte er sich drei- bis viermal um den Leib gewickelt. Der alte Herr spricht ihn an: „Jung, towat hest du die möt so e grote Reeme beweckelt?" Der Junge bleibt stehen und grinst uns an; man sieht, er hat die Antwort schon auf der Zunge. Aber da erblickt er den starken Krückstock des Alten, läuft ein Stück weiter, und als er in Sicherheit ist, bleib er stehen und ruft: „Dat eck nich auch so e dicke Bräch (dicken Bauch) krieg", und im Trab geht es weiter.

Verbesserung

Zu einer festlichen Begebenheit hatte eine Besitzerfrau den Streuselfladen sehr mager gebacken. Die Schwägerin stellte dieses bei ihrer Mithilfe fest, doch die Frau meinte: „Über Eck geschnitten, is wie Sandkuchen!"

Wenn der Mond aufgeht

In irgendeinem Zusammenhang fragt der Lehrer beim Unterricht: „Was geschieht am Abend, wenn der Mond aufgeht?" Franz erhebt die Hand: „Na Franz?" fragt der Lehrer. Und Franz darauf: „Da, da kommt Stobbes Max zu meiner Schwester!"

Ein „Diplomat"

Über die Frage, wer an der Reihe sei, den gemeinsamen Grenzzaun auszubessern, geraten zwei Nachbarn in einen heftigen Streit. Etwas muß getan werden, darüber sind sich beide klar, doch will einer dem anderen die Arbeit und die Kosten zuschieben. Um die Sache beizulegen, suchen sie den Gemeindevorsteher auf. Der ältere Nachbar trägt als erster seine Ansicht vor. „Ja, ja, Nachbar, hast recht!" pflichtete ihm der Gemeindevorsteher bei. Doch da meldet sich der Gegenpartner. Als dieser mit seiner Rede endet, nickt ihm der Gemeindevorsteher freundlich zu: Jewiß, jewiß, Nachbar, hast recht." Da kommt die Frau des Gemeindevorstehers, die hinter der Tür gelauscht hat, in die Stube und ruft: „Aber Vater, du kannst doch nicht einem recht geben und dem andern auch."
Vater sinnt ein Weilchen vor sich hin, dann zwinkert er seiner Frau zu: „Mutterchen, du hast auch recht."

Die Kartoffelernte

Bauer K. hatte eine sehr gute Kartoffelernte. Wieder fuhr er eine Fuhre auf seinen Hof, da rief ihm sein Nachbar, ein Schneidermeister, durch das Fenster zu: „Na, Nachbar, dieses Jahr können Se zufrieden sein, haben doch schöne, dicke Kartoffeln." — Doch der Bauer meinte griesgrämig: „Was nützt mir das, ich hab' doch keine kleine für die Schweine."

Trost

Der alte Schneidereit war gut fünfzig Jahre auf meinem väterlichen Hof tätig und fühlte sich ganz dazugehörig. Wegen seiner Schlagfertigkeit und heiteren Lebensbetrachtung erfreute er sich auch allgemeiner Beliebtheit. Eine Viehseuche brachte meinen Vater in schwere finanzielle Bedrängnis, die noch durch andere Verluste in der Wirtschaft erhöht wurde; er hatte schwere Sorgen. Der alte Schneidereit fühlte, daß es mit dem Herrn nicht so ganz richtig sei, und fragte nach der Ursache des Kummers. Als ihm mein Vater von seinen Sorgen erzählte, tröstete er ihn: „I Herrke, dat wart all wedder woare, man ömmer Kopp opprecht on Pirzel hoch!"

W. W.

Der Heiratsgrund

Die kleine, sehr rundliche Tante B. erzählte gern und mit behaglichem Schmunzeln in schönstem Ostpreußisch fröhliche Begebenheiten aus ihrem fast achtzigjährigen Leben, so u. a. auch, wie sie zum Heiraten gekommen war:

Ihre jüngste Schwester und sie hatten beschlossen, die Männer nicht zu beglücken und unverheiratet zu bleiben. Oft machten sie nun Pläne, wie sie sich später einrichten wollten. Sie würden, so meinten sie, den elterlichen Bauernhof verkaufen und ein „Rentiergrundstück" erwerben. Die jüngere Schwester sollte schneidern, sie, die ältere, die Wirtschaft führen. Ja, aber ein paar Hühnerchen und eine Kuh wollten sie sich doch halten, ohne Kuh würde das denn doch nicht gehen. Aber wer würde nun mit der Kuh zum Bullen gehen? Nun, sie würden einen Jungen damit beauftragen. Aber wenn der Junge sie nun betrügen würde? Wenn er die drei Mark behalten und mit der Kuh doch nicht zum Bullen gehen würde? Ja, meinte da kleinlaut die jüngste Schwester: „Wenn wir keinen haben, der mit der Kuh zum Bullen geht, dann müssen wir doch heiraten." Und so geschah es dann auch.

Er weiß, was er an ihr hat

Als ich noch in meiner Heimatstadt R. lebte, schaute ich an einem schönen Sommerabend noch zu später Stunde aus dem Fenster. Vor der Tür des Nebenhauses genossen noch einige Männer und Frauen den schönen Abend. Da bemerkten sie, wie ein Mann immer von der linken zur rechten Straßenseite und dann wieder von der rechten zur linken zurücktorkelte. Eine von den Frauen rief ihn an: „Ei Karl, komm man noa Hus, dien Marie wart di schon!" Da der so Angeredete gerade unter der Straßenlaterne angekommen war, konnte ich bemerken, wie er stutzte und etwas nachdenklich wurde, dann aber hatte er es in seinem vernebelten Hirn zusammengekriegt, und er verkündete mit sichtbarem Besitzerstolz: „Mien Marie ist dat beste Wiew, wat jövt, de seggt: Nu eet und dann goa ligge!" Sprach's und setzte seinen Weg fort. M. K.

Nicht müde

Tante Lisbeth bekommt Kinderbesuch. „Setz dich doch!" fordert sie das kleine Marjellchen auf und weist auf einen Stuhl. Doch die Kleine weiß, was sich gehört: „Danke schön; mich huckert nich!"

Anschaulich

In einer ostpreußischen Schule will der Lehrer den Begriff „Versuchung" den Kindern erklären, und er fordert sie auf, praktische Beispiele einer Versuchung zu geben. Auch Jutta meldet sich und meint: „Wenn Muttche einen schönen Kuchen mit viel Rosinen auf den Tisch stellt und weggeht, dann bin ich allein zu Haus. Nu denk ich: Bepuhl ich ihm oder puhl ich ihm nich?"

Vom Schaf gedrückt

In dem natangischen Dorf K. war die Familie eines Bauern zur Kirche gefahren. Der Bauer selbst war daheim geblieben, weil eine Stute fohlen sollte. Um ihm die Zeit zu vertreiben, besuchten ihn zwei Handwerksmeister aus dem Dorf und halfen ihm, eine Flasche „Landwirtschaftlichen" zu leeren. Es können auch mehrere gewesen sein, denn die beiden Meister schafften den Heimweg nicht mehr und nahmen in dem warmen Pferdestall Notquartier. Sie legten sich auf ein Bund Stroh und deckten sich mit einer schwarzen Pelzdecke zu.

Nach einiger Zeit betrat der Bauer den Pferdestall und sah dort die lieben Gäste. Einer rief mit beschwörender Stimme: „Nimm mir doch das schwarze Schaf vom Bauch, das Biest bedrückt mich so, daß ich keine Luft krieg."

Das älteste Glied

Als einmal unser Pfarrer ein abgelegenes Grenzdorf besuchte, ging er nach seiner Gewohnheit zum Bürgermeister, um mit ihm eingehend die Gemeindeangelegenheiten zu besprechen. Schließlich äußerte er den Wunsch, das älteste Gemeindeglied zu besuchen. Da kraulte sich unser Bürgermeister den Kopf und meinte traurig: „Achottche, Herr Pfarrer, das jeht nich, Sie sind zu spät jekommen. Unser ältestes Jlied is vorige Woche gestorben."

E. Sch.

Verhindert

Im Dorf ist Hochzeit, eine Haustrauung. Der Pfarrer hat sich für die Feier schon umgezogen, stellt sich an den vorgesehenen Platz und schickt sich an, die Brautleute und die Gäste zu begrüßen. In diesem Augenblick tritt, geheimnisvoll tuend, der Brautvater zu ihm und sagt: „Noch einen Augenblick, Herr Pfarrer, die Braut ist noch nicht fertig." Wie der Pfarrer nun mit einem fragenden Blick den Kopf hebt, gibt ihm ein freundlicher Nachbar Auskunft: „Se gifft dem Jung de Tett."

Gemütsvoll

Zu Pfarrer S. im Kreise Insterburg kommt ein Bauer, um den Tod der Schwiegermutter anzumelden. Der Pfarrer spricht seine Verwunderung über den plötzlichen Tod aus, vor zwei Wochen habe er die Frau noch gesund und munter getroffen. „Ja, Herr Pfarrer", sagt der Bauer, „wegen mir konnt se ja auch noch leben, nu bekam se die schöne Rente und hat in der Wirtschaft so viel geholfen, das war immer wie zwei frischmilchene Kühe."

Ein Mutterherz

Auf einem Bau hörte ich diese Geschichte von der Liebe einer Mutter. Ein bejahrter Zimmermann aus Rastenburg erzählte sie uns Jüngeren auf einem Richtfest.

Als er ausgelernt hatte, fand er in Wronnen Arbeit, Kost und Logis. Diese Ortschaft lag zwölf Kilometer vom Elternhaus entfernt. Eines Tages bereitete die Mutter dem Zimmermann eine willkommene Überraschung: sie stand plötzlich vor ihm und reichte ihm einen großen Paartopf. In dem Topf waren „Kielke" (Keilchen), des Zimmermanns Lieblingsspeise. Die hatte sie gekocht, um den Sohn zu erfreuen, und den

gar nicht so leichten Topf die zwölf Kilometer getragen. Sie kehrte sofort zurück, sobald der so liebevoll Bedachte das Gericht verzehrt hatte.
Nun war die Mutter schon lange tot, und auch das Haar des Sohnes war gebleicht. Jenen Gang hatte er nie vergessen, und sinnend sagte er manchmal: „Hadd öck en good Mooderherz; de käm böt Wronne mit Kielke!" O. S.

Bare Münze

Auf dem Königsberger Sackheim. Zwei Jungen unterhalten sich: „Du heffst joa e nieem Kriesel." — „Heww öck." — „Von woher heffst däm?" — „Gekofft." — „Wat kost dä?" — „Na, Göld, Perdschiet nähme se nich."

Gutes Zeichen

Schmiedemeister Rimkus machte sich um seinen jüngsten Bruder Sorgen. Dieser war in der letzten Zeit recht unwirsch und unlustig bei der Arbeit. Aber die kluge Frau Schmiedemeister wußte, was da fehlte: „Wi ware em verfriee", meinte sie und hielt Umschau unter den Töchtern im Lande. Ihr Augenmerk richtete sie auf eine nicht mehr ganz junge Witwe, der eine schöne Gastwirtschaft mit einem ertragreichen landwirtschaftlichen Grundstück gehörte. Vorsichtig leitete sie die Verhandlungen ein, und die Witwe war nicht abgeneigt, den ihr vorgeschlagenen Heiratskandidaten „zu besehen".
Es kam der Tag, wo sich dieser mit frischgeschnittenem Haar und im Sonntagsanzug im Wirtshaus einfand. Frau Rimkus zog sich taktvoll zu ihrem wartenden Ehemann im Garten zurück und beide waren auf das Ergebnis der Begegnung im Wirtshaus gespannt.
Nach einiger Zeit strömte ein lieblicher Spirgelduft aus der Küche. Da meinte dann Frau Rimkus: „De Pann kriescht; nu sind se einig."

DIE ZWEITEN HUNDERT

Aus dem eigenen

Auf dem Operationsstuhl des Zahnarztes Dr. R. sitzt eine Frau vom Lande. „Der letzte Zahn oben rechts muß raus!" sagt der Zahnarzt. Die Frau nickt, und die Operation wird vorgenommen. Als Honorar überreicht die dankbare Patientin ein großes Stück Schinken. (Es war während des Krieges.) Der Zahnarzt hat Bedenken und meint: „Aber kann ich das annehmen?" Darauf plinkert die Alte ihm zu: „Ach, lassen Sie man, Dokterche, ich hab' ihn aus meinem geschnitten!"

In Maldeuten

Es ist schon recht lange her, als ein Zugschaffner dei Bahnstrecke Elbing — Güldenboden — Maldeuten die Fahrgäste auf der Endstation zum Aussteigen aufforderte: „Maldeuten — alles aussteigen!" Doch wurde seine Aufforderung nicht von allen Fahrgästen verstanden.

So wiederholte er in unverfälschtem Mohrunger Dialekt: „Maldeite — Alles rausserkrauche!"

Diese Aufforderung wurde mit leichtem Schmunzeln von allen begriffen. Als geflügeltes Worte machte sie schnell die Runde durch die Provinz.

Aber die Hand

Mein alter Gutshandwerker saß mitunter lange im Dorfkrug und genehmigte sich dort ein Schnäpschen nach dem andern. Reichlich verkatert erschien er dann morgens zur Arbeit. Auf meine Vorhaltungen meinte er einmal: „Ja, Herrche, der Kopp wollte nich, aber die Hand packte ihn immer!" W. H.

Fröhliche Frage

In einer Dorfschule im Kreise Heydekrug bittet der kleine Fritz an seinem ersten Schultag, austreten zu dürfen. Fritzchen verschwindet und kommt nicht wieder. Der Lehrer wird unruhig; besorgt geht er hinaus, um nachzuprüfen, ob dem Jungen etwas zugestoßen sei.

Die Tür mit dem Herzchen steht sperrweit offen; Fritzchen sitzt auf dem Thrönchen und verzehrt in aller Ruhe sein Frühstücksbrot. Als er den Lehrer sieht, ruft er fröhlich: „Na, Onkel, kommst auch?"

Er plinkert

In Ostpreußen waren die bäuerlichen Besitzungen manchmal recht groß, und da mußte so manches Mal das Mittagessen auf das Feld herausgetragen werden, eben weil nicht genug Zeit vorhanden war, zum Essen nach dem Gehöft zu gehen. Eines Tages nun hat Frau T. die so beliebten Kartoffelklöße auf das Feld gebracht. Sie stellt die Schüssel mit den Klößen auf das grüne Gras und geht nun ihre Leute zum Essen holen. Der kleine Hans, der schon recht hungrig ist, kommt als erster, sieht sich das Mittagessen an und schreit dann: „Mutter, der Kielke plinkt." Das „blinzelnde Keilchen" ist aber ein Frosch, der sich auf die Schüssel gesetzt hat und sich nun dort mit runden Augen verwundert umsieht.

Viele Wege

Wir waren jung verheiratet und wollten einen Ausflug zum Schillinner See unternehmen. Die Eisenbahn führte bis Goldap, wo wir zu unserer Enttäuschung feststellen mußten, daß das Postauto bereits vor zwei Stunden abgebraust war. Also machten wir uns zu Fuß aus den Weg. In der Höhe der Rominter Heide gerieten wir an einer Weggabelung in Verlegenheit, welche Richtung wir einschlagen mußten, um zu unserem Wanderziel zu kommen.

Zum Glück näherte sich ein Klapperwagen, in dem ein alter Bauer saß. „Sicher weiß der Mann Bescheid", sagte ich zu meiner Frau, und bat ihn mit freundlichen Worten um Auskunft. Der Biedere sandte einige forschende Blicke in die Gegend, musterte dann uns und meinte mit listigem Augenzwinkern: „Aber Herrchen, viele Wege gehen in de Fichten!" Nach diesem weisen Ausspruch lüftete er schmunzelnd seine Mütze und fuhr mit vielsagendem Lächeln davon. E. K.

Nicht beredsam genug

Der Sohn des Bauern aus unserer Nachbargemeinde S. im Kreise Johannisburg wilddiebte von Zeit zu Zeit ganz gerne. Endlich hatte ihn der Revierförster gefaßt, und es kam zu einer Gerichtsverhandlung. Der Vater wollte seinen Sohn so gut als möglich herausreißen und brachte seinem Rechtsanwalt, der ein stiller und ruhiger Mann war, eine Gans, um ihn zu ermuntern, seinen Sohn in rechter Weise zu vertreten.

In der Verhandlung nun imponierte der Rechtsanwalt in seiner stillen Weise dem Bauern nicht genug, und ärgerlich stand er auf und rief laut in den Gerichtssaal: „Sprech, Rechtsanwalt, sprech! Ganter hast aufgefressen und sprechen soll ich!" O. Th.

Schwierige Sicht

Als der Königsberger Südbahnhof noch in Betrieb war, gingen von dort auch einige Züge nach Pillau. Eine Dame stürzte im letzten Augenblick vor Abgang des Zuges an die Bahnsteigsperre. Da sie den Pillauer Zug, der durch einen Leerzug verdeckt war, nicht sehen konnte, fragte sie den Beamten an der Sperre: „Ist der Pillauer Zug noch da?" Worauf dieser in größter Ruhe antwortete: „Na, kann eck umme Eck kicke?"

Der Unterschied

In meinem Heimatstädtchen hatte man die Wahl zwischen mehreren Ärzten. Eines Tages erkrankte unsere Hausangestellte. Auf die Frage, welchen Arzt sie aufsuchen wolle, antwortete sie: „Wenn ich an Händ' und Füß' krank bin, denn geh ich beim Fischer, aber wenn ich sonst krank bin, denn geh' ich beim Pohl, denn dann is' mich der Fischer zu jung." D. K.

Zu hohe Wogen

Die Wellen des Frischen Haffs konnten ganz gehörig toben, wenn ein Sturmwind sie aufpeitschte. Dies erfuhr auch Hannchen, als sie mit Oma einen Ausflug im Motorschiff nach Narmeln unternahm. Das Schifflein schaukelte sehr. Am anderen Tage meinte Hannchen: „Nach Narmeln fahren wir nicht mehr. Da ist das Wasser zu humplig."

Die Frage

Der Winter 1927/28 brachte in Ostpreußen viel Schnee. Auch von den großen Wiesenflächen zwischen Angerburg und Skallischen konnte das Hochwasser nicht so schnell ablaufen, und so standen die Wiesen auch noch den Sommer über unter Wasser. In dem durchgewachsenen Gras tummelten sich Tausende von Enten, und die Jagd auf diese war beinahe die Hauptbeschäftigung aller Jäger geworden. Man erkannte die Vorflutgräben zwar daran, daß in ihnen kein Gras wuchs, aber man sah nicht den Anfang und das Ende dieser Gräben, die immerhin bis einhalb Meter tief waren. So stand auch unser Freund Rudi B. einmal hilfeflehend vor einem solchen Graben und schrie: „Wie komm' ich hier rüber?" Wir zeigten ihm eine Stelle, Rudi nahm einen großen Satz und . . . landete bis zum Hals im Graben. Als er sich vom ersten Schreck erholt hatte, entrang sich ihm der an sich selbst adressierte Seufzer: „Mansch, wo ist dein Bauch?" v. A.

Fein abgestuft

Zu dem alten, ziemlich groben Sanitätsrat X. in einem Städtchen des Ermlandes kommt ein Instmann und sagt, er sei krank. „Na, was fehlt Ihnen denn?" „Herr Doktor, ich hab die Diarrhoe." — „Was haben Sie?" fragt der Sanitätsrat. „Die Diarrhoe, Herr Doktor!" „Nein, mein Guter, Sie haben keine Diarrhoe, Diarrhoe haben der Landrat, der Herr Bürgermeister und ich. Sie haben den Schatter."

Bereitet euch vor

In den Jahren vor dem letzten Kriege versah eine junge Verwandte von mir ihren Dienst an einem der Schalter des Insterburger Postamtes. Eines Tages schob ein braver Insterburger Bürger ihr ein ausgefülltes Telegrammformular hin, um es prüfen und berechnen zu lassen. Aber wohl selten ist der jungen Beamtin ihr Amt so schwergefallen wie in diesem Augenblick, denn er war nicht einfach, bei dem Text des Telegrammes die Fassung zu bewahren. Der lautete nämlich kurz und bündig: „Backt kleine Kuchchens — wir kommen ihrer drei!" L. H.

Schon zu hören

Frau B. war sehr auf ihren Vorteil bedacht. Wenn sie zum Kaffee geladen war, dann kam es vor, daß sie von dem Kuchen, der ihr besonders gut schmeckte, ganz ungeniert Stücke in ihren „Biedel" steckte. Einmal hatte sich solch ein Kaffee sehr in die Länge gezogen, und B. meinte zu seiner Frau, jetzt wäre es doch Zeit, aufzubrechen. Diese aber hatte mit ihrem feinen Gehör schon gemerkt, daß die Vorbereitungen zum Abendbrot im Gange waren, und so flüsterte sie ihm zu: „Hörscht nich? Se prischele all schon!"

Die Fuhre

Während der Erntezeit fuhr an jedem Wochentag ein Leiterwagen an unserem Hause vorbei, der Frauen zur Arbeit aufs Feld brachte. Sie juchten und schabberten so unbekümmert, daß ihre lebhafte Unterhaltung schon von weitem zu hören war.

Ein auswärtiger Besuch blickte erstaunt beim Morgenkaffee auf und fragte verwundert, was für ein Radau draußen wäre. Unser vierjähriger Sohn konnte ihn belehren: „Da fährt bloß eine Fuhre Muttchens vorbei."

M. K

Mutters Wunschtraum

Bei einem Erntefest auf einem Gut im Kreise R. fanden sich alle auf der Tenne zum Tanz zusammen. Es war Sitte, daß der Inspektor den ersten Tanz mit der ersten Binderin tanzte; in diesem Fall war sie mehr als vollschlank. Ihre Mutter hätte gerne mehr zwischen den beiden gesehen und schickte ihre Tochter bei der nächsten Damenwahl wieder zum Herrn Inspektor. Als die beiden an der Mutter vorbeitanzten, rief diese ihr laut zu: „Hanne, schlacker dir doch ein bißchen, wenn du mit dem Herrn Willi tanzt!"

Entweder — oder

Bauer B. und sein Schwager fahren an einem Krug vorbei. Sie halten die Pferde an und fragen durch das Fenster bei der Wirtin an, ob heißes Wasser zu Grog greifbar sei. Die Wirtin nickt zustimmend. Die beiden Schwäger binden die Pferde an, säumen aber etwas mit dem Eintreten. Da steckt die Wirtin den Kopf zum Fenster hinaus und fragt: „Na Herrkes, wie is? Wollen Se noch Grog oder ich schmeiß die Schweinskartoffeln rein!"

Zu glatt

Fritzchen, siebzehn Jahre alt, Schuhnummer 45, Handschuhgröße entsprechend, ist seit Johanni Eleve auf einem großen Gut. Im Winter gibt die Gutsherrschaft einen großen Hausball, zu dem die Jugend der Umgegend eingeladen ist. Für Fritzchen ist es sein erster richtiger Ball. Am nächsten Tag fragt ihn die Hausfrau: „Na, Fritzchen, war es auch schön? Tanzt es sich auf so schönem Parkett nicht besser als auf dem Kornboden beim Erntefest?" — „Ach nei", meint Fritzchen, „hier kann einer gar nicht recht in Schwung; einer glitscht immer aus. Ja, im Krug, da kann einer sich viel besser einklauen!"

Woher kommt es?

Eine junge Mutter stillt ihren Säugling; der fünfjährige Gert sieht zu: „Mutti, was macht das Brüderchen?" — „Es trinkt." — „Schmeckt das?" — „Ja, mein Jung', das schmeckt schön." — „Mutti, und wie wird das gefüllt?"

Schött on Schiew

Nicht nur in den Städten unserer Heimat gab es Schützenvereine, sondern auch in den größeren Dörfern. Es waren stets schöne Festtage, an denen um die Königswürde gerungen und das Schützenfest gefeiert wurde. Es galt als eine hohe Ehre, König zu werden; aber diese Würde war auch mit hohen Kosten verbunden, weil der König seine Schützen mit Essen und Trinken freihalten mußte. Hier und da warnte deshalb manche Hausfrau ihren Mann vor zu guten Schüssen.

Im Fischerdorf Alt-Passarge wohnten seit alters mehrere Familien mit dem Namen Schött, so daß die Redensart „Ŏn Passarg schött et en alle Ecke" allgemein bekannt war. Eine der Frauen Schött gab nun ihrem Mann, als er sich zum Schützenfest rüstete, folgenden Rat: „Oawa dat segg öck di, Schött, wenn du schöttst, denn schöttst mi nich önn de Schiew!"

Kurz und bündig

Das Dorf Schalmey mit dem Weißen Berg war ein beliebtes Ausflugsziel der Braunsberger. Lange Jahre amtierte dort Pfarrer Wien, der wegen seiner treffenden und oft drastischen Aussprüche beliebt und auch gefürchtet war. Eines Tages wird er von Frau S. auf dem Gut H. am Telefon verlangt. Er hebt den Hörer und hört: „Hier ist die gnädige Frau von H." Darauf Pfarrer Wien: „Und hier ist der Papst von Schalmey." Das Gespräch war beendet.

Das Wundertier

Von Königsberg unternahmen wir eine Besuchsfahrt aufs Land, wo unser Wölfchen zum ersten Male Kühe, Pferde, Schweine und andere Haustiere sah. Mit Empörung beobachtete er einmal das grausame Spiel einer Katze mit einer gefangenen Maus, ehe sie diese verspeiste. Als die Katze bald darauf Junge bekam, rief er fassungslos aus: „Nein, so was! Mäuse frißt sie und kleine Katzen macht sie." L. B.

Mit der Haube

Den jungen Lernschwestern des Königsberger Mutterhauses vom Deutschen Roten Kreuz war es nicht erlaubt, in ihrer Tracht Ruderpartien auf dem Königsberger Schloßteich zu unternehmen. Aber was verboten ist, reizt doppelt, und so schwangen sich an einem schönen Sommertag fünf junge Schwestern — trotz Tracht und Haube — in eine der grünen Gondeln auf dem Schloßteich. Von der Schloßteichbrücke aus sehen ihnen schmunzelnd einige junge Männer zu, deren Wohnbezirke vielleicht auf der Laak oder auf der Lomse gelegen haben mögen. Als die unternehmungslustigen Schwestern sich nun kräftig in die Riemen legen, meint einer vernehmlich zu den andern: „Ei kick, die Hebammen wollen sich versaufen!"

Anstrengende Beschäftigung

An einem sehr heißen Sommertage des Jahres 1910 hatte ich einen langen Erkundungsritt von G. aus auszuführen. Gegen acht Uhr vormittags kehrte ich in dem Dorf B. in das kleine Gasthaus ein, um mir Zigaretten zu kaufen. In der Wirtsstube saß ein alter Mann, vor sich ein großes Glas Weißen. Auf meine Bemerkung: „Nanu, früh morgens schon einen großen Schnaps?" antwortet er mir: „Ach liebes Herrchen, man quält sich ihm so rein!" Bo.

Der Vorgesetzte

Der sehr beliebte Superintendent K. in Insterburg war in seiner ersten Amtszeit Hilfsprediger in der Danziger Niederung. Dort erhielt er einmal Besuch von seinem höchsten Vorgesetzten, dem Generalsuperintendenten aus Danzig. Der Fährmann setzte den geistlichen Herrn über den Strom, wo er von Hilfsprediger K. erwartet und ins Dorf geleitet wurde. Als die Revision vorbei war, begleitet K. den Generalsuperintendenten wieder nach der Fähre zurück, verabschiedet sich und beobachtet vom Ufer aus, wie der Fährmann den Gottesmann über den Strom setzt. Als der Fährmann wieder zurückgekommen war, fragt ihn der Hilfsprediger: „Wissen Sie auch, wen Sie da übergesetzt haben?" — „Nee", meinte der Fährmann, „keine Ahnung!" — „Das war mein höchster Vorgesetzter, der Generalsuper aus Danzig." — „Ja, ja", sagt der Fährmann verständnisvoll, „jeder hat sein Teufelchen über sich!"

Selbstgespräch im Sattel

Es gab in manchen Gegenden Ostpreußens launige Sprüche, die bei irgendeiner Gelegenheit entstanden waren und zum „geflügelten Wort" wurden. Kam ein Gespannführer im Stallupöner Kreis mit seinen „Vier" im Matsch nicht so von der Stelle, wie er gerne wollte, und fruchteten Zuruf und Peitschenknall nicht, so trieb er seine temperamentvollen Warmblüter mit den Worten „Hü — Hott, alle vier, Schemmel ok du!"

Aber einst sträubte sich der Schimmel und bockte. Da redete ihm der Gespannführer freundlich ins Gewissen: „Wat deist nu möt em? — Stäckst em inne Fupp', kickt er rut. Gewwst em e Stöck Zocker, frett er opp. Schmett's em äwre Tuun — liggt he opp jänt Sied. Gewwst em e Mutzkopp — schröjt he: ‚Wart, wart, eck segg et mienem Voader!' — Wat deist nu möt em?"

Ich belauschte Willy, wie er verschmitzt lächelnd diese Weisheit in einem Selbstgespräch äußerte. Übrigens half damals sein Zureden, der Schimmel besann sich und legte sich wieder in die Sielen. G. L.

Sind Sie in der Krankenkasse?

Meine Frau war vor unserer Ehe in ihrer Heimatstadt L. im Kreis Pr.-Eylau Helferin bei einem Zahnarzt. Eines Tages sitzen im Wartezimmer einige neue Patienten, unter ihnen ein junges Mädchen aus einem Dorf in der Umgegend von L. Sie fragt nun einen jeden, ob er in der Krankenkasse drin wäre. Als nun diese Frage an das junge Mädchen gerichtet wird, kommt die Antwort: „Nein, ich bin man bloß im Jungfrauenverein." W. W.

So leben wir...

Der alte Sanitätsrat K. in Sensburg war als Spaßmacher bekannt. Da Wohnung und Praxis am Marktplatz lagen, winkte er oft Bekannte zu sich herauf und trank mit ihnen einen Bärenfang. So wurde auch ich eines Tages, als ich in der Kreisstadt zu tun hatte, von ihm eingeladen, nach oben zu kommen, ich hatte aber noch einiges zu erledigen und sagte zu, etwas später zu erscheinen. Als ich dann in sein Wartezimmer trat, war es ganz leer, aber aus dem Sprechzimmer hörte ich den Sanitätsrat singen, immer freiweg: „So leben wir, so leben wir, so leben wir alle Tage!"

Na, ich klopfte an und ging ins Sprechzimmer. Dort kniete auf dem Fußboden auf allen vieren ein Mann, und auf dessen Rücken saß der Sanitätsrat, wippte immer auf und ab und sang dabei das erwähnte Lied. „Was machen Sie denn da, Herr Sanitätsrat?" fragte ich. Worauf er vergnügt antwortet: „Ich renk' ihm das Kreuz ein!" E. F.

Wo nu?

Der alte Schäfer B. kam mit seiner Schafherde einen Landweg gezogen, als gerade zwei Weiden gefällt waren und nun als Hindernis quer über der Straße lagen. Da an beiden Seiten der Straße tiefe Gräben waren, konnte er einfach keinen Umweg finden. Nachdenklich schüttelte er sein Haupt, strich sich den langen Bart und meinte: „In der Bibel steht geschrieben ‚Weg ist allerwege'. Aber wo is nu ein Weg?"

Die Rebhühner

An der Küste des Kurischen Haffs zu beiden Seiten des Großen Friedrichsgrabens hatten wir die Anliegerjagd gepachtet. Ihre Ergebnisse waren nicht der Rede wert, und doch war sie der Anlaß köstlicher Erlebnisse. Einmal lagen einige Völker Rebhühner auf dem schmalen Streifen zwischen Kanal und Haff. Viel Zeit zum Absuchen hatten wir nicht, außerdem war der Jagdstreifen sehr lang. Daher wurde Kurt mit der „statistischen Erfassung" der Rebhühner beauftragt, mit dem Versprechen einer angemessenen Belohnung. Kurt war ein halbwüchsiger Bengel, der alles wußte und alles prompt erledigte, nur ließ seine Jagdleidenschaft ihn oft von der Wahrheit abweichen. Kurt verhörte also die Rebhühner und erschien eines Morgens naß bis zum Bauch und freudestrahlend bei uns mit den Worten: „Herrche, kommen Se, die ganzen Beime hucken voller Rebhiener!" Worauf mein Schwager erwiderte: „Aber Kurt, du wirst dich geirrt haben, Rebhühner sitzen doch nicht auf Bäumen!" Kurt versuchte doch noch, die Mark und das Päckchen Tabak zu retten, und schmetterte heraus: „Aber Herrche, wo sollen se denn bleiben, wenn unten alles voll ist!" Er bekam die Mark und auch den Tabak.

G. M.

Die Perspektive

Lehrer L. aus W. bemühte sich stets, seinen Schülern alles leicht begreifbar beizubringen. So fällt eines Tages bei dem Zeichenunterricht das Wort „Perspektive". Lehrer L. führt seine Schüler aus dem Schulgebäude auf die Chaussee. „Seht mal diese Telefonmaste und die beiden Gräben zu beiden Seiten. Die werden doch immer kleiner und laufen für unser Auge alle auf einem Punkt zusammen. Und dieses Verjüngen und Hinlaufen auf einen Punkt nennt man Perspektive."
Nach dieser Erklärung geht's in die Klasse zurück. Dort hängt ein Bild aus dem Naturkundeunterricht mit einer großen Kiefer. Im Vordergrund sitzt auf einem Ast eine Krähe und auf einem Ast im Hintergrund eine andere Krähe, die natürlich kleiner gezeichnet ist. „Na, Kinder", beginnt der Lehrer wieder, „wenn ihr nun die vordere Krähe seht und dahinter die kleinere, was denkt ihr dann?" Worauf sich einer erhebt und stolz in die Klasse brüllt: „Der Große hat dem Kleinen gejungt!"

Mach schnell

In G. im schönen Masuren feierte man Schützenfest, dessen Krönung es für die Jugend immer war, wenn abends zum Tanz aufgespielt wurde. Auch Paul und sein Mariechen fehlen nicht, und kein Tanz wurde ausgelassen. Mariechen verspürt nun einmal ein menschliches Rühren, und in einer Tanzpause ist sie in dem abseits gelegenen Häuschen mit dem ausgesägten Herzchen verschwunden. Paul wartet inzwischen geduldig auf ihre Rückkehr. Doch oh Schreck, plötzlich schmettern die Musikanten einen Tusch, und durch den Saal dröhnt eine Stimme: Damenwahl ! ! ! Unser Paul ist in Nöten; wie elektrisiert springt er von seinem Sitz auf, rennt zu dem verschwiegenen Örtchen, klopft hastig an die Tür und ruft: „Herzchen, beeil' dir, is Damenwahl!"

Nur keine Aufregung

Einen richtigen Ostpreußen kann man bekanntlich nicht so leicht aus der Ruhe bringen. Stieg ich da einst in Königsberg auf die Linie 6, damals, als sie noch die kurvenreiche Tour Schönstraße, Fließstraße, Mühlenplatz, Waldburgstraße, Wrangelstraße, Steindamm fuhr. Es war an einem schönen Sonntagnachmittag. Mit mir wollten noch viele andere bei Packhäuser in Juditten Kaffee trinken. So fuhr ich schon vom Schloßplatz ab auf einem Bein, man wird zugeben, nicht sehr gemütlich. Pflichtgemäß hielt der Wagen auch an der Regierung, wo jedoch die meisten, die dort warteten, nicht mehr mitkamen. Trotzdem drängte sich ein ältliches Fräulein mit Kneifer noch im letzten Augenblick auf das obere Trittbrett; vermutlich wollte sie ihren Kaffee unter gar keinen Umständen versäumen. Der Schaffner schwang sich mit bewundernswerter Kunstfertigkeit ebenfalls noch hinein, kassierte in Seelenruhe und bohrte sich dabei weiter durch die schwitzenden Menschenleiber. Da, der Wagen kreischt auf, und mit ihm die hinten stehenden Fahrgäste. Das Fräulein sitzt mit Sonntagsstaat und Kneifer im Staub der Fließstraßenecke. „Schaffner", schreie ich aus Leibeskräften, „halten, es ist einer rausgefallen!" Da dreht er sich um und meint: „Laß ihr man, Mannche, die hat ja schon bezahlt!" A. S.

Die Rache

Eine Hausgehilfin, mit der wir nicht sehr zufrieden gewesen waren, heiratete. Zwei andere Hausgehilfinnen wurden von ihr zur Hochzeit eingeladen. Ich besprach nun am Tage vorher Arbeitseinteilung und Urlaub der Mädchen mit unserer alten Wirtin, Fräulein B., die nicht, wie sonst meist, auch eingeladen worden war. So schloß Fräulein B. denn unsere Unterredung mißbilligend: „Uns beide Beesters lädt sie nich ein!" E. Z.

Seine Sorge

Meine Eltern hatten während des Ersten Weltkrieges einen kleinen Jungen angenommen. Fritz war ein richtiger kleiner Bowke. Einmal, er war damals drei Jahre alt, hatten wir geschlachtet. Fritz war zu Bett gebracht worden, und wir machten in der Küche Wurst. Da, tap — tap — tap —, die Tür tut sich auf und Fritz steht da im Nachthemdchen. „Fritz, was willst du?" fragten wir. Er kommt langsam näher, reckt sich am Tisch hoch und schaut uns fragend an: „Am End eßt ihr noch was?" A. K

Kleiner Irrtum

Eine Tante meiner Großmutter — sie lebte in Königsberg — benutzte als ältere Dame beim Ausgehen gern einen alten Regenschirm als Stock. Eines Morgens geht Tante Hedwig zum Einkaufen auf den Altstädtischen Markt. Nach einer Weile vermißt sie ihren Schirm, geht also zu dem Stand zurück, an dem sie ihn ihrer Meinung nach hat stehenlassen, und fragte die Verkäuferin nach dem Schirm. Diese, sehr beschäftigt, erklärt, es sei kein Schirm vorhanden. Tante Hedwig aber sieht sich suchend um und entdeckt das vermißte Stück im Hintergrund an einem Faß. „Da steht er ja!" ruft sie erfreut. Die Marktfrau, ärgerlich in dem Gedanken, man könne annehmen, daß sie den Schirm habe behalten wollen, reicht ihn rüber und sagt: „Dat ole Ding? Dat 's man good tum Rinscheete!" Tante Hedwig aber spannt den Schirm auf, zeigt ihn so der Marktfrau und meint dann ganz gelassen: „Nein, mein liebes Frauchen, dazu wäre er am allerwenigsten zu gebrauchen." Der Schirm hatte nämlich Schlitz an Schlitz. P. Sch.

Götterlehre

In der Schule S. im Kreis Insterburg erzählt in der Geschichtsstunde Lehrer D. von den Preußengöttern, von Perkunos, dem Donnergott, von Potrimpos und von Pikollos. In der folgenden Pause hat er auf dem Schulhof, der an der einen Seite von der schönen „Galerie" der Aborte begrenzt ist, Aufsicht. Da hört er aus einem halbgeöffneten Abort den Ruf von dem Ältesten des Kämmerers aus der Domäne: „Jungens, paßt auf, nu werd' ich sein Perkunos, der Donnergott!" Und schon schloß sich die Tür.

Die Jagd

An einem schönen Sommerabend hatten mein Freund und Jagdgenosse und ich wieder einmal bis zum Dunkelwerden bei dem alten Hegemeister Sch. gesessen. Auf dem Nachhauseweg mußten wir an einem kleinen Gehöft vorbei, das nur durch einen ganz schmalen Garten vom Weg getrennt lag. Ein Fenster war noch hell erleuchtet. Als wir hinzukamen, sahen wir, wie Augustchen, die Tochter des Hauses, im Hemd dastand und Jagd auf einen Floh machte. Mein Freund konnte es sich nicht verkneifen, dicht am Fenster zu rufen: „Augustchen, und das alles ohne Jagdschein!" Überflüssig zu sagen, daß seit diesem Abend die Fenster immer sorgfältig verhängt waren. S. K. J.

Richtiggestellt

Meine jüngeren Schwestern waren im Alter eineinhalb Jahre auseinander. Wie dies ja so oft üblich ist, wurden sie gleich gekleidet, auch unterschieden sie sich nicht sehr in der Größe. Eines Tages kam ein Fremder vorbei und sah meine Schwestern an der Scheune spielen. Er schaute ihnen belustigt zu und fragte: „Seid ihr Zwillinge?“ Doch darauf ertönte es sofort: „Nein, Marjellens.“ M. B.

Gemütvoller Trost

Ich bin eben aus der Klinik nach Hause zurückgekehrt, den erstgeborenen Sohn auf dem Arm. Meine alte Aufwartefrau kommt herein, um den Kleinen zu betrachten, der leise vor sich hingreinend auf meinem Bett liegt. Sie besieht sich den etwas schmächtigen und blassen neuen Erdenbürger von allen Seiten. Dann meint sie treuherzig: „Ach wissen Sie, der erste Flins' wird meist nicht gut, wie unsereiner so sagt!“

R. St.

Herzlich willkommen

An einem schönen frostklaren Sonntag sagte ein mir befreundeter Gutsbesitzer zu seiner Frau: „Los, Mariechen, zieh die Kinder an, wir fahren zu Tante Malchen, ich laß anspannen.“ Gesagt, getan. Der Schlitten fuhr vor, und unter fröhlichem Glockengebimmel ging es zum Hoftor hinaus. Nun war aber Tante Malchen als sehr geizig verschrien, und während der zweistündigen Fahrt wurden von der Ehefrau mancherlei Bedenken über den bevorstehenden Empfang geäußert. Doch ihr Mann zerstreute alle Besorgnisse mit den Worten: „Ach was, die Malchen ist doch meine Schwester, und wir haben uns ein Jahr lang nicht blicken lassen, wirst sehen, die freut sich!“ Als man dann endlich vor dem Ziel der Fahrt hielt, stürmte alles erwartungsvoll und hungrig in die Wohnstube. Es schien jedoch alles wie ausgestorben, und erst nach wiederholtem Rufen tat sich die Tür auf und Tante Malchen trat herein, sonntäglich aufgedonnert im schwarzen Seidenkleid. Alle blieben wie erstarrt stehen, geblendet von der Würde, mit der die Tante langsamen Schritts näher kam. Diese kreuzte die Arme übereinander, baute sich vor der Familie auf, musterte alle, Bruder, Schwägerin und die fünf Kinder der Reihe nach mit düsteren, mißtrauischen Blicken und fragte schließlich mit feierlichem Nachdruck: „Nach was kamt ihr?" -at

Verkehrt reingesteckt

In einer Königsberger Klinik, in der eine Verwandte von mir als Krankenschwester tätig war, war eine alte Oma operiert worden. Um ihr eine ruhige, schmerzlose Nacht zu verschaffen, legte ihr die Schwester auf Anordnung des Arztes abends ein Zäpfchen auf den Nachttisch mit der Weisung, beim Auftreten von Schmerzen das Zäpfchen sofort zu gebrauchen. Am nächsten Morgen bei der Visite erkundigte sich der Arzt freundlich: „Na, Oma, wie war denn die Nacht mit dem Zäpfchen, alles gut gegangen?" Die Oma blickte ihn traurig an und antwortete. „Ach ja, Herr Doktor, es ging ja ganz scheen, bloß es kleisterte mich so in die Zähne!" L. H.

Erkannt

Während des Krieges im Ruhrgebiet. Beim Regiment ist ein Zahnarzt aufgetaucht, und ich suche ihn auf, um mir die Reste eines Backenzahnes ziehen zu lassen. Ohne zu wissen, daß ich einen ostpreußischen Landsmann vor mir habe, erklärte ich ihm im schönsten dialektfreien Hochdeutsch, wo der Zahn sitzt, und daß es wohl schwierig sein würde, diese Reste rauszubekommen. Der Zahnarzt hat aber schon längst gehört, wo ich herstamme, denn er erwidert lächelnd: „Laß man, Mannche, wir werden ihm schon wurjeln!" W. W.

Herrlicher Klee

Beim Anmähen eines Kleeschlages, es war ein gutes Kleejahr und der Klee stand vorzüglich, inspizierte mein Vater die mit dem Eckenhauen beschäftigten alten und erfahrenen Landarbeiter. Nachdem der alte Ponelis seinen Frühstücksschnaps erhalten hatte, unterhielt man sich natürlich über den kräftig gewachsenen Klee. Auf die Frage meines Vaters: „Na, Ponelis, in diesem Jahr ist der Klee doch schön?" kam prompt die Antwort: „Ja, Herr Oberinspektor! Dem mit Schmant angeröhrt, kann forts der Pfarr' fräte." (Den mit Sahne angerührt, kann sogar der Pfarrer essen.)

Immer mit der Ruhe

Die junge Lehrerin macht mit den Kleinen auf der Wiese neben der Schule „Spielturnen". Die Kinder laufen auf allen Vieren wie ein Hund, sie stelzen mit hochgezogenen Knien durchs Gras wie der Storch, und am Schluß sollen sie alle mit großen Sätzen hüpfen wie die Frösche.

Alles hüpft fröhlich davon, nur Emil bleibt nach drei Sätzen sitzen. Auf die freundliche Aufforderung: „Na, Emil, willst nicht mehr?" antwortet er: „Ein Pogg verpust sich!"

Das wirkt

Gutsbesitzer A. war ein ziemlich betagter Junggeselle, der den Stammtisch im nahe gelegenen Städtchen schätzte. Auf der Heimfahrt nickte er dann fest ein; der alte Kutscher Johann brachte ihn ja sicher nach Hause. Zur Verwunderung seiner Nachbarn heiratete A. schließlich eine anmutige, junge Frau. Die Stadtfahrten unterblieben einstweilen. Als aber die Flitterwochen verrauscht waren, nahm das Paar die Einladung zu einer Abendgesellschaft bei einem mit dem Gatten befreundeten Rechtsanwalt an, und Johann

lenkte die Kutsche wieder ins Städtchen. Im Hause des alten Zechkumpans fühlte sich A. sehr wohl und trank wacker. Wie gewohnt, sank er auf der Heimfahrt in tiefen Schlaf. Sein Zustand war der jungen Frau sehr unangenehm; sie hatte sich die Fahrt in der wundervollen Sommernacht anders vorgestellt. Geradezu peinlich berührte es sie, daß sie den Gatten nicht wach bekam, als das Gefährt vor dem heimischen Gutshause hielt. Leises und zärtliches Zureden nützte ebensowenig wie kräftiges Rütteln. „Wenn nur der Kutscher nichts merkt!" dachte sie und verdoppelte ihre Anstrengungen. Doch Johann wurde das Warten allmählich langweilig; er drehte sich auf dem Bock um und gab einen zwar nicht erbetenen, aber wirksamen Rat:
„Halten Sie ihm man die Näs' zu, jnäd'ches Frauchen, so hab' ich das all' die Jahre gemacht!"

Im Mondschein

An einem schönen Sommerabend schlenderte ich am Königsberger Schloßteich entlang, um noch ein wenig der Musik von der Schloßkonditorei zu lauschen. Mein siebzehnjähriges Herz war erfüllt von Liebeskummer und der Angst vor einer drohenden Klassenarbeit. Ich saß also da, starrte den Mond an und seufzte. Nach einer Weile setzte sich ein junger Mann neben mich, dem ich aber aus den vorher angeführten Gründen keinerlei Beachtung schenkte, zumal er dem beseufzten Ideal in keiner Weise glich. Doch der junge Mann sitzt keine drei Minuten, da platzt er auch schon los: „Wissen Se, Freilein, wir zwei beide passen zusammen, Ihnen kann auch keiner hieten, mit Sie möcht' ich mal gehen." Unsanft aus meinen Träumen gerissen, fahre ich herum: „Hören Sie mal, was erlauben Sie sich, was denken Sie wohl, wer ich bin?" Darauf die seelenruhige Erwiderung: „Na, was werden Sie schon sein, am End' so e Scheißerchen von Karstadt?" R. St.

Der Trompeter

Der Pfarrer in unserem Dorf ging immer sehr salopp gekleidet, da er nebenbei auch noch eine kleine Landwirtschaft betrieb. Eines Tages war er mit seiner ungeputzten Trompete ins Nachbardorf gegangen, um dort mit dem Posaunenchor zu üben.

Auf dem Heimwege winkte er, die Trompete unter den Arm geklemmt, einem vorüberfahrenden Fuhrwerk zu, da er möglichst schnell wieder nach Hause wollte. Der Lenker des Fuhrwerks, ein Bauer, der von weit herkam und den Pfarrer nicht kannte, besah ihn sich erst einmal von oben bis unten und sagte dann gnädig: „Na, denn stieg man opp." Schweigend waren sie eine ganze Weile gefahren, als sich der Bauer an den Pfarrer wandte und ihn mit der Frage überraschte: „Na, nu segg moal, bringt die de Tuterie ook wat een?" (Bringt dir das Blasen auch was ein?) Er hatte ihn für einen armen fahrenden Dorfmusikanten gehalten.

J. F.

Zarte Aufforderung

Über den Steg einer Dampferanlegestelle begeben sich die Reiselustigen auf den kleinen Dampfer. Fast alle sind Landsleute, die zum Wochenmarkt in die Kreisstadt wollen. Sie kennen die Gepflogenheiten des alten Bootsmannes, der den Fahrpreis kassiert und ärgerlich wird, wenn er dabei lange warten muß. Nur eine in tiefe Trauer gekleidete ortsfremde Dame beachtet den alten Schipper überhaupt nicht, als dieser an sie herantritt, um den Fahrpreis zu kassieren. Er räuspert sich, aber sie nimmt keine Notiz von ihm. Als auch weitere Anstrengungen, ihre Aufmerksamkeit zu erregen, fruchtlos bleiben, reißt ihm die Geduld. Mit der Zartheit, die einer derben Schifferfaust zu eigen ist, lüftet der Erzürnte den langen Schleier der Säumigen und fragt eindringlich: „Ei du, mit deine schwarze Gardin', hast all' deine Dittchens gegeben?"

Die Wirkung

Draußen herrschte starkes Schneetreiben. Der alte Schweinewärter P. kam in das Arbeitszimmer meines Vaters, um den Stallschlüssel hereinzubringen. Selbstverständlich wurde über die Schweine und das schlechte Wetter gesprochen. Obwohl mein Vater wußte, daß P. Antialkoholiker war, bot er ihm wegen des kalten Wetters einen Schnaps an, den er dann auch nach einigem Zögern zu sich nahm. Befriedigt meinte er dann: „Ja, Herr Oberinspektor, der gibt forts e anderem Charakter im Magen." K. A.

Die Blumen

Meine ersten pädagogischen Gehversuche machte ich an einer Schule am Stadtrand von Königsberg, wo ich die im ersten Schuljahr stehenden Kinder zu unterrichten hatte. (Aber vorher noch etwas zur Erläuterung. Was ein Schandar [Gendarm] ist, das wissen wohl die Jüngeren unter unseren Landsleuten und auch manche Städter nicht mehr. Nun, heute würde man statt Schandar wohl Dorfpolizist sagen.)
Unter den fünfzig Anfängern war ein Junge namens Ernst Balzereit, der mir wegen mancher Absonderlichkeiten bald auffiel. Er war das, was man in Ostpreußen einen Lorbaß zu nennen pflegt. Allen Wissenschaften abhold, war er schon im ersten Jahr sitzengeblieben. Ansonsten aber recht pfiffig und anstellig und mit den Gepflogenheiten der Schule schon vertraut, war er bemüht, mir durch kleine Gefälligkeiten und Hilfeleistungen seine besondere Zuneigung zu bezeugen.

Nun schickten viele Mütter mit den Kindern Blumen zum Schmuck unserer Schulstube. Es mochte wohl so etwas wie Eifersucht gewesen sein, daß Ernst mit scheelen Augen diese Blumengaben betrachtete, die mir sichtlich so viel Freude machten — bis er eines Morgens selbst mit einem großen Strauß erschien. Er verbarg ihn mit beiden Händen hinter dem Rücken, buggerte mich mit dem Ellenbogen in die Seite und griente: „Was mainst, was ich hier hab'?" Ich wollte ihm den Spaß nicht verderben und riet alles Mögliche, und jedesmal feixte Ernst: „Naii!" Schließlich zeigte er vor: Blumens!", und triumphierend zogen sich beide Mundwinkel bis zu den Ohren.

Meine Frage nach der mütterlichen Erlaubnis beantwortete er mit „scheenen Jriessen von de Mama!" So schien alles in bester Ordnung, und Ernst zauberte fortan jeden Morgen mit den gleichen Begleitumständen einen Strauß hinter seinem Rücken hervor. Bis dann eines Tages sein Vater auf dem Plan erschien. Der, Arbeiter bei Schichau und Vater von sieben Kindern, erkundigte sich im Vorbeigehen nach seinem Sprößling und ich mich nach seinem Blumengarten. Und damit war es geschehen. Vater Balzereit horchte auf „Woher wissen Sie . . . ?", und ahnungsvoll gestand ich. Da brach das Unwetter los: „Un vier Wochen lang lauer' ich auf dem, wo mir die Blumen klaut! Na wacht, du Krät, komm du man nach Haus' . . . !"

Es bedurfte meiner ganzen Überredungskunst, um dem erbosten Vater das Versprechen abzunehmen, mir die „Behandlung" des Falles zu überlassen. In Anbetracht der „edlen Motive" ging es für Ernst mit einer ernsten Vermahnung ab — und einem Verbot. Fortan schlich Ernst allmorgendlich bedripst und ohne Blumen auf seinen Platz. Bis er eines Morgens wieder strahlend vor mir stand: „Was mainst . . .?!" Ich vergaß vor Schreck das Rätselraten; es war ein wahres Hochzeitsbukett, das er hinter seinem Rücken hielt. Ernst half mir über meine Verblüffung hinweg: „Die sind ja gar nich von uns, die sind aus dem Schandar seinem Garten!" Und dann „beruhigte" er mich restlos: „Hab man keine Angst — der Schandar war ja nich zu Haus'!"

G. H.

Immer sparsam

Die Frau des Gutsbesitzers W. in B. war mehr als sparsam, sie war geradezu als geizig verschrien. So hatte sie auch die Angewohnheit, nach dem Braten aus der Bratpfanne mit einer Brotrinde das übriggebliebene Fett aufzutunken und das Brot so aufzuessen. „Die Madam' leckt die Pfann' aus!", hieß es dann.

Nun hatte Frau W. zwei heiratsfähige Töchter, und da sie diese natürlich an den Mann bringen wollte, mußte sie ab und zu auch eine kleine Gesellschaft geben. Schweren Herzens mußte sie für einen guten Braten sorgen und Torten und Kuchen backen und den Gästen anständig auftischen.

Wieder stieg ein solcher Abend. Als der prächtig gelungene Schweinebraten herumgereicht wurde, steckte das Küchenmädchen, das eigentlich abwaschen sollte, zum Entsetzen der Töchter den Kopf durch die Tür und fragte: „Madamchen, kommen Sie die Pfann' auslecken oder soll ich das heut'?"

Er will warten

Es war in Liebemühl. Wieder einmal fand eine Hochzeit statt, und vor der Kirche hatten sich zahlreiche Neugierige eingefunden. Als die Hochzeitsgesellschaft nun vorfuhr, da wehte ihr eine feuchtfröhliche Fahne voran. Der zukünftige Ehemann lag mit schwerer Schlagseite in einer Ecke des Wagens. Die Kutsche hielt, und einige Hochzeitsgäste wollten dem Brautpaar beim Aussteigen helfen. Doch so leichtfüßig auch die Braut die Kutsche verließ, so standhaft blieb die zukünftige andere Ehehälfte sitzen. Auch gutes Zureden half nichts. Die Braut fing jämmerlich zu weinen an, aber der wackere Bräutigam öffnete für ein Weilchen die Augen und meinte tröstend: „Geh man allein, Marjellchen! Ich wart' hier, bis du zurückkommst!"

Die Erinnerung

Mein Elternhaus in Ostpreußen war ein Forsthaus, das im Walde lag, kilometerweit von der nächsten Ortschaft entfernt. Wie in jedem Winter, so half uns beim Wurstmachen auch diesmal Gillchen, eine rüstige sechzigjährige Witwe aus dem nächsten Dorf. Sie sprang immer helfend ein, wo zusätzlich Hilfe bei Familienfesten und anderen arbeitsreichen Ereignissen des Landlebens gebraucht wurde. Wir waren nun eifrig beim Schneiden des Wurstfleisches, als meine Mutter entsetzt feststellte, daß für Vaters Nachmittagskaffee keine Bohnen im Hause waren. Mein Vater war ein leidenschaftlicher Kaffeetrinker; er konnte recht ungemütlich werden, wenn er seinen geliebten braunen Trank nicht zur gewohnten Stunde bekam. Es dauerte denn auch nicht mehr lange, bis mein Vater in der Küche erschien und sich energisch erkundigte, wo denn sein Kaffee bleibe. Schonend wurde ihm beigebracht, daß kein Kaffee im Hause sei. Der Ausbruch seines Unwillens, der nun folgte, ließ an Heftigkeit nichts zu wünschen übrig. Unter krachendem Türzuschlagen und lautem Schimpfen über sein zahlreiches Weibervolk, das nicht einmal für seinen geliebten Kaffee sorgen könne, zog er ab in den Wald. In das betretene Schweigen, das er so hinter sich gelassen hatte, sagte die alte Gillchen ruhig und gelassen: „So ein Beest hatt' ich auch!" A. B.

Der Vergleich

Medizinalrat R. war recht grob, und dann auch redete er jeden mit du an. Einen Gutsbesitzer behandelte er auf Gallensteine. Zur Vorsicht ging dieser während einer Geschäftsreise in Königsberg noch zu einem Spezialisten. Nach seiner Heimkehr berichtete er dem Medizinalrat: „Der Professor hat dasselbe wie Sie festgestellt." Worauf der Medizinalrat nur sehr vergnügt sagte: „Meinst, der ist dämlicher als ich?"

Manöverball

Die Artillerie, die im Dorfe liegt, veranstaltet großen Manöverball. Mariechen hat sich im Hühnerstall verspätet, und nun geht das Umziehen und Feinmachen etwas sehr hastig. Beim Umziehen sieht Mariechen einen Floh, den sie wohl aus dem Hühnerstall mitgebracht hat. Doch die Zeit ist knapp, und so betrachtet Mariechen das Tierchen einen Augenblick, zieht sich dann weiter an und sagt: „Verkrup di man, verkrup di man! De Artlerie ward di all rutballere!"

Das Verbot

Zu meinem Großvater, der Pfarrer war, kam weinend ein früheres Hausmädchen mit der Klage, ihr Mann sei wegen Holzdiebstahls eingebuchtet worden. „Aber liebes Kind, warum hast du ihm das nicht verboten?" fragte vorwurfsvoll der Großvater. „Ach, Herr Pfarrer, ich hab' dem Karl ja gesagt, er soll man abpassen, bis es schummert, aber er heerte ja nich!" H. M.

Besorgt

Nach dem Ersten Weltkrieg war ich jahrelang Inspektor auf einem großen Gut bei K. Eines Tages wurde dem Herrn Pfarrer eine Fuhre Heu als sogenannte „Kalende" (Naturalabgabe) geliefert. Da ich Leute zum Abladen mitschicken mußte, ritt ich nach, um durch meine Anwesenheit die Arbeit zu beschleunigen. Der Herr Pfarrer begrüßte mich und hielt mir — nach einigen freundlichen Worten — eine halb gefüllte Zigarrenkiste entgegen. Während des Rittes war es recht kühl gewesen, meine Hände waren verklammt, und so wühlte ich ungewollt in der Kiste etwas herum.
Da wurde der geistliche Herr sehr besorgt und meinte beschwörend: „Nur eine, Herr R., nur eine!" E. R.

Der Beiname

In den am nördlichen Ufer des Frischen Haffes gelegenen Fischerdörfchen Peyse, Zimmerbude und Groß-Heydekrug kamen nur etwa ein halbes Dutzend Familiennamen vor. Die Namen Schöttke, Gerwien, Klement, Ulke und Mai waren dort geradezu gesät. Die Sache wurde noch dadurch schwieriger, daß die Träger dieser Namen oft auch die gleichen Vornamen hatten. Man half sich aus der Verlegenheit, indem man ihnen einen Beinamen gab. Eines Tages kam der Kreisarzt aus Fischhausen nach Groß-Heydekrug. Er wurde dort von einer Frau aufgesucht, die einen in dem Ort sehr verbreiteten Familiennamen führte. Im Laufe der Unterhaltung sprach sie den Kreisarzt wiederholt mit „Herr Doktor" an. Der Kreisarzt meinte: „Liebe Frau, es hat ja weiter nichts auf sich, daß Sie immer Herr Doktor sagen, ich bin aber der Medizinalrat." Daraufhin lächelte die Frau verständnisinnig: „Ach, dann hebbe Se wohl ok son Binome. Opp minem Mann segge se ömmer Peerdskopp."

Die Anschrift

Ich war als junger Postschaffner in Fischhausen tätig und mußte an jedem dritten Sonntag nach Zimmerbude, um den dortigen Kollegen zu vertreten. Dieser Dienst war wegen der vielen gleichen Namen nicht leicht, zumal man Straßenbezeichnungen in dem Dorf kaum kannte. Viele Absender gaben auch keine Beinamen an, vielleicht, weil diese oft zu drastisch ausfielen. An einem Sonntag wollte es mir durchaus nicht glücken, eine Karte loszuwerden. Ich hatte schon eine ganze Reihe von Familien abgeklappert, ohne den eigentlichen Empfänger finden zu können. Da traf ich schließlich ein altes Mütterchen, das Verständnis für mich hatte. Sie besah sich den Absender und sagte: „Ach, dat ös de Moadeschieter, da koame Se man möt!"

P. P.

Ertappt

Jugnats waren jung verheiratet und wollten sparen, nur versuchten sie es einmal an der falschen Stelle. Die Eltern der jungen Frau lebten in Insterburg, und sie hatten ihre lieben Kinder Weihnachten über zu Besuch geladen. Also gingen die Jugnats zum Bahnhof, lösten zwei Fahrkarten und gingen durch die Sperre. Sie waren aber nicht allein, ihren kleinen Dackel hatten sie auch mitgenommen, ohne Fahrkarte, und sie hatten das liebe Hündchen in den Lodenmantel des Haushaltungsvorstandes eingewickelt. Schon hatten sie ohne Beanstandung den Bahnsteig betreten, da rief die freundliche Stimme des Beamten am Durchlaß hinter ihnen her: „Ei, un' fier das Zagelche bezahlen Se nuscht?"

Ja, was dann?

In meinem Geburtsort, der zwischen Palmnicken und Pillau liegt, wohnten viele Fischerfamilien. Ein Fischermädel nun, die Johanna, war oft recht witzig. Einmal lagen wir Kinder von zehn bis zwölf Jahren unten an der Ostsee im Kreise, und wir schwärmten davon, was wir am liebsten sein möchten, und jeder brachte seine Wünsche vor. Als alle nun fertig waren, da meinte Johanna nur trocken: „Ja, ja, on wenn ju Kenig oder Kaiser wäre, on kunne nich schiete, wat denn?" H. O.

Schöne Aussicht

„Weißt du was, Luise?“ sagte die Frau, die mit einer anderen an einem Tisch draußen in Königsberg in einem Gartenrestaurant saß, — an so einem hoffnungsvollen Frühlingstag, der das Herz höher schlaggen läßt. „Weißt du was? Wenn ich denn vielleicht wieder 'nen neuen Untermieter krieg', denn werd' ich mir aus dem schwarzen Kleid den Einsatz raustrennen!“

Von der Kanzel

Der Pfarrer einer Landgemeinde im Kreise Gerdauen war recht praktisch veranlagt; er vermied es auch nach Möglichkeit, unnütze Wege zu machen. Und so geschah es, daß die Gemeinde eines Sonntags nach der Predigt von der Kanzel die folgenden Worte vernahm: „Lieber Töpfer, wenn du in der Kirche bist, so hörst du dies ja, wenn nicht, wird es dir die liebe Gemeinde berichten: Komm doch morgen, meine Öfen ausschmieren!“

Der schönste Stand

Auf der Fahrt von unserem schönen Cranz nach Königsberg kam eine ältere Frau mit zwei jüngeren, die ihr gegenüber saßen, ins Gespräch. Bis Gr.-Raum hatte sie ihnen schon ihre ganze Lebensgeschichte erzählt: von dem Mann, der vor zwei Jahren gestorben war, von dem gutgehenden Geschäft, das nun der Sohn für sie führte, von dem Haus in der Stadt und dem Haus am Strande, wo sie den Sommer verbrachte, von Kindern und Enkeln, die sie besuchen kamen. Da sagte die jüngste der Frauen, die einen Säugling im Arm hielt, voll Bewunderung und Sehnsucht: „Ach ja, der schönste Stand ist doch 'ne Witwe, wenn sie gut versorgt zurückbleibt mit Pension oder so . . .“ G. P.

Der Fall von oben

Noch in sehr hohem Alter war Bauer G. immer tüchtig bei der Arbeit. So wollte er auch einmal beim Dreschen helfen, und er stieg selber aufs hohe Gerüst. Dabei gab aber ein Brett nach, und blitzschnell sauste er nun von oben auf die Tenne und fiel, zum Glück unverletzt, seiner Frau vor die Füße. Diese meinte nun ganz verstört: „Ach, Vater, bist all wieder runter?" Darauf dieser grimmig: „Denkst du, ich fall e halbe Stund?"

Die Lockung

Auf einer tierärztlichen Praxisfahrt wurde ich auch gerufen, um einer Kuh die Nachgeburt zu lösen. Als ich mich nach getaner Arbeit wusch, da meinte die Bäuerin: „Nun können Sie noch zwei kleine Bullchens schneiden." Ich lehnte ab, ohne ihr zu erklären, daß man nach einer septischen Arbeit am selben Tage Kastrationen nicht ausführt. Darauf eine Minute Überlegung, und dann die Frage: „Ei, wenn ich Ihnen zwei weiche Eierchen koch, werden Sie dann können?" E. J.

Scheen is es immer

Die beiden Vettern Karl und Wilhelm, beides Bauernsöhne, hatten es im Sommer trotz aller Arbeit doch möglich gemacht, an einem Sonntag nach Cranz zu fahren, um endlich einmal zum erstenmal die Ostsee zu sehen. Karl war vom Anblick der weiten See geradezu überwältigt, und ganz versonnen meinte er: „Du Wilhelm, wenn ich hier steh und kick, denn is doch scheen!"

Auf Wilhelm machte die See weit weniger Eindruck. Und so sagte er: „Karl, wenn du nich da stehst und nich kickst, denn is ebenso scheen. — Meine Gurgel is all ganz trocken, komm, wir werden lieber paar Glas Bier trinken."

Vorbeugen

Als wir einmal, es ist schon lange Jahre her, zwei alte Nachbarinnen zu Besuch hatten, wurden im Rundfunk gerade die Wetternachrichten durchgegeben. Plötzlich erhoben sich daraufhin die beiden Altchen, sahen sich etwas verlegen an und eilten auf ihr Zimmer. Wir wußten nicht recht, was das bedeuten sollte, und als die beiden dann zurückkamen, fragten wir, was denn los gewesen sei. Worauf Tante Guste denn meinte: „Na, nur mal die dicken Bixen anziehen: ein Tief über Europa." J. K.

Abgefärbt

Mein Mann ist Sudetendeutscher, ich bin Ostpreußin. Einmal fuhren wir beide mit unserem kleinen Wagen in die nahe Kreisstadt, und da unsere Vorderräder zu wenig Luft haben, müssen wir vor der Stadt an einer Tankstelle halten. Der Tankwart kommt auch schon mit dem Tankschlauch ans Auto. Darauf sagt mein Mann: „Nei, nei, ich will man bloß e bißche Heideluft." — „Na", sagt der Tankwart, „Sie sind bestimmt auch aus Ostpreußen." — „Nei, ich nich, aber meine Frau." Ch. K.

Nu, Kinderchen ...

Bei Tante Auguste in G. gab es immer etwas Gutes zu futtern, und nur zu gern fuhren wir Kinder zu ihr auf Besuch. Wenn wir dann so in der Runde mit leuchtenden Augen wie die Orgelpfeifen dasaßen, dann freute sich Tantchen, und ihr Nötigen wollte überhaupt nicht aufhören. Und wenn jetzt einmal das Gespräch auf Tante Auguste kommt, dann klingen uns heute noch ihre Worte in den Ohren: „Nu, Kinderchen, beschmiert euch! Lenchen, mach dich süß! Ottchen, leg dich drauf!" O. K.

Der Landratsbote

Der Landrat von T. des Kreises Lötzen war ein feiner Mann, höflich gegen jedermann, auch gegen seine Untergebenen. Wenn er einen Rundgang durch das Kreishaus machte, klopfte er stets an die Türe jedes Büros, das er besuchen wollte. Selbst an der Tür des Boten L. machte er das. Keine Antwort! Noch einmal geklopft. Wieder keine Antwort! Der Landrat öffnet die Tür. Da sitzt Lubowski, den Kopf auf die Arme gelegt, am Tisch und schläft, schnarcht. Er, der gefällige Berater der kleinen Bauern, war mal wieder etwas zuviel mit Schnaps traktiert worden.
Der Landrat geht zu ihm und klopft ihm auf die Schulter. „Lubowski!" Ein unwilliges Brummen. Lauter: „Lubowski!" Wieder Brummen. Noch lauter: „Lubowski, geben Sie mir mal Feuer für meine Zigarre!" L. erhebt mühsam den Kopf, dreht sich halb um und grunzt ärgerlich: „Kommen Se schriftlich ein!"

Alle Jahre wieder

Ich war Taufpatin bei der Familie M. Wir saßen alle an einem großen Tisch, und die Kinderschar aß und trank nach Herzenslust. Als wir alle aber schließlich Gabel und Messer fortgelegt hatten, da nötigte die Mutter des Täuflings uns noch weiter: „Kinder, nu eßt doch noch! Taufe ist ja bloß alle Jahr einmal!"

M. H.

Die Angst

Unsere Tante Annchen hatte immer große Angst vor dem Gewitter. Wieder hatte es einmal schwer geblitzt und gedonnert, und als dann alles vorbei war, da meinte sie: „Wie's so donnerte, da saß ich auf dem Stuhl mitten in der Stub' und wog vor Angst nich e halbes Pfundchen!"

L. S.

Der Unterschied

Im hinteren Teil des Königsberger Tiergartens gab einmal an einem schönen Sommerabend eine indische Truppe eine Vorstellung. Geheimnisvoll ertönten Flöten- und Gongtöne, und zwei Jungen, die nicht das Geld hatten, in die Vorstellung zu gehen, wollten nun wenigstens einen Blick über den Zaun werfen. Nachdem der eine auf die Schultern des anderen geklettert war, hörte ich folgendes Zwiegespräch: Der Untermann: „Kannst wat sehe?" — Der obere: „Joa." — „Sönd väl Mönsche?" — Hierauf der obere: „Mönsche sönd nich väl, bloß Wiever." B. G.

Hilft doch nichts

Es war Erntezeit, und da die meisten Pferde nicht verfügbar waren, spannte der Kutscher für die Fahrt zum Bahnhof zwei Pferde an, die nicht recht zusammenpaßten, — einen mageren, aber recht zugkräftigen Wallach und eine dicke und faule Stute. So kutschierte er den Onkel, der bei uns zu Besuch gewesen war, zur Bahn. Zunächst ging alles gut, aber da es doch nur langsam voranging, wurde die Zeit schließlich sehr knapp, und so schlug der Kutscher auf die Stute ein, um sie zur Eile anzutreiben. Der Onkel aber meinte nur gemütlich: „Kescher doch dem, wo jeht. Der, wo nich jeht, der jeht doch nich!" C. R.

Gedankenverbindung

Auf dem Küstenweg am Samlandstrand zwischen Georgenswalde und Palmnicken setzten wir uns an einer besonders schönen Stelle auf eine Bank, auf der schon eine Frau und ein junges Mädchen saßen. Wir genossen den herrlichen Blick, und keiner sprach ein Wort. Blutrot ging die Sonne im Meer unter. Plötzlich hörte man die Mutter zur Tochter sagen: „Na, wenn du möchst am roten Kleid die Ärmel bißchen kirzer machen ..." G. P.

Der Ruf

Es war zu jener Zeit, als es in Tilsit noch städtische Nachtwächter gab und als diese beim Schlagen der Rathausuhr die Stunde mit lauter Stimme ausriefen. Eines Abends im Sommer, als die Turmuhr die zehnte Stunde schlug, stolperte einer unserer Wächter beim Überschreiten der Hohen Straße an der Ecke des Schenkendorfplatzes, gerade als er zehn gerufen hatte, und fiel lang hin. Und so konnte man denn diesmal von ihm den folgenden Ruf vernehmen: „Zehn — (dann Pause, bis er sich vom Boden erhoben hatte) — das Scheißpflaster! Die Beine kann einer sich brechen — Uhr!" O. Qu.

Die falsche Gegend

Im Samland lebte eine Bauersfrau, die beinahe dreihundert Pfund wog und auch dementsprechend groß und breit war. Ihr Mann dagegen brachte es knapp auf einhundertdreißig Pfund, und er wirkte gegenüber seiner Frau beinahe wie ein Zwerg.
Nun geschah es eines Tages, daß sie beim Flunderessen plötzlich eine Gräte in den Hals bekommt und fürchterlich husten muß. Ihr Mann springt auf, läuft um den Tisch herum und klopft ihr heftig auf den Rücken. Schließlich hat sich die Frau von ihrem heftigen Husten etwas erholt, und ärgerlich meint sie zu ihrem Mann: „Du dänkst, du kloppst mie den Puckel und dabei haust mie immer enne Noarsch."

Falsch gerechnet

Als der über achtzig Jahre alte Opa beim ersten Anspannen eines jungen Pferdes auch dabei war, da passierte es, daß er einen Schlag mit dem Huf an den Kopf bekam. Er lag bewußtlos auf der Erde, wir brachten ihn ins Bett, aber er war nicht mehr wachzukriegen. Der Arzt wurde geholt, es waren schon einige Stunden vergangen, der Doktor schüttelte bedenklich den Kopf und meinte zu uns: „Ich glaube, der Opa wird jetzt ruhig hinüberschlafen." — „Er wird nicht!" erklang die Stimme des Opas, der gerade in diesem Augenblick wieder zur Besinnung gekommen war, und triumphierend blickte er den Doktor an. — Opa lebte noch lange Jahre. M. R.

Die liebe Ostsee

Nach der Flucht aus Ostpreußen trifft sich die ganze Verwandtschaft, es ist 1946, in einem Dorf an der Nordsee wieder. Es ist ein wunderbarer Sommerabend, man spricht von der Heimat, und im Westen geht die Sonne unter. Da meint die Oma: „Ach ja, Kinder, wenn ich so auf die Sonne seh', muß ich immer denken: Da, wo sie jetzt untergeht, ist meine liebe Ostsee." Der Schwiegersohn will die Oma belehren: „Na, Oma, wo die Sonne jetzt untergeht, da ist aber die Nordsee." Worauf die Oma in ihrem vertrauten samländischen Platt entrüstet zu ihm sagt: „Nu warscht du mi wat vertelle! All' die Joahre ös de Sünn in der Ostsee unnerjejangen, un nu opp eenmoal sull se in de Nordsei unnerjoahne?" B. R.

Kannst dich drehen, wie du willst ...

Mein Onkel hatte einen trockenen Humor, der ihn auch in unangenehmen Lagen nicht verließ. Eines Tages, um die Weihnachtszeit, machten wir eine Schlittenfahrt zu einem Verwandten. Wir waren zwar in Pelzdecken gehüllt, aber der eisige Wind pfiff uns um die Ohren. Auch auf der Rückfahrt war es keineswegs gemütlicher. Mein Onkel aber stellte nur fest: „Merkwürdig, hin hatten wir den Wind von vorne, und zurück haben wir ihn in die Freß." W. H.

Der Weg nach Steindorf

Im ersten Kriegsjahr war es, mein Verlobter hatte kurz geschrieben: „Wir liegen in Steindorf bei Heiligenbeil. Kannst du nicht hinkommen?" — Natürlich konnte ich, machte mich piekfein und unterließ es auch nicht, die neuesten Schuhe mit den hohen Absätzen anzuziehen. In jener Vorweihnachtszeit regnete es in Strömen, und ziemlich ratlos stand ich in Heiligenbeil im Patschwetter auf dem Bahnhof. Wie nur weiter? Ich fragte einen Jungen: „Sag mal, wie komme ich nach Steindorf?" Der Bengel musterte mich von oben bis unten, sah auf meine hohen Stöckel und grinste: „Nach Steindorf? — Mit die Schuh' ieberhaupt nich!" L. F.

Der Dank

Ein junges Mädchen war nach dem Pfarramt in M. gekommen, um in den Kirchenbüchern nach ihren Vorfahren zu suchen, leider jedoch ohne Erfolg.

Es war ihm aber nun peinlich, den Pfarrer solange vergeblich aufgehalten zu haben, und es meinte wohl, hier wäre ein Wort besonderen Dankes am Platze. Eine Weile dachte es darüber nach, was es sagen sollte, dann holte es tief Luft und meinte schließlich: „Na, dann . . . keine Ursache!"

Der Trost

Die „Foxen vom Kneiphof", die einen Obstladen hatte, erfreute sich wegen ihres schlagfertigen Witzes bei zahlreichen Königsbergern großer Beliebtheit. Eine Königsbergerin weiß die folgende hübsche Anekdote über sie zu erzählen:

„Ich war zehn Jahre alt, als meine Mutter, die noch sehr jugendlich und immer richtig mädchenhaft aussah, einmal mit mir in der Kneiphöfischen Langgasse haltmachte, um bei der Foxen Obst zu kaufen. ‚Dies ist meine Tochter, Frau Fox', sagte sie zur Erklärung. Darauf sah die Foxen erst mich, dann meine Mutter voll Anteilnahme an und sagte begütigend: ‚Schad't nichts, Fräulein . . .' "

Keine Angst

Lieschen hat die neubesohlten Schuhe vom Schuster geholt und stellt sie nun einfach auf den sauberen Küchentisch. „Lieschen", meint die Mutter, „nimm die Schuh' vom Tisch, es gibt sonst Spektakel!" Lieschen jedoch beruhigt die Mutter: „Der Papa is' ja nich!"

Hilfe nicht nötig

Stockdunkle Herbstnacht, ich radelte aus dem Kirchdorf nach meinem Heimatort zurück. Plötzlich blinkte das Licht einer Taschenlampe immer wieder auf und verlosch, und ich meinte, hier müßte ein Unglück geschehen sein. Aber nun war das Licht nicht mehr zu sehen, und so rief ich in das Dunkel hinein: „Kann ich Ihnen irgendwie helfen?" Als keine Antwort kam, wiederholte ich meine Frage. Wieder keine Antwort, aber ich hörte nun ein Geräusch, aus dem ich deutlich erkennen konnte, daß hier jemand scharf geladen hatte und nun kräftig seinen Magen erleichterte. Und zugleich hörte ich auch eine gequälte Stimme: „Ne, lassen Se man, d a s kann ich auch alleine!" O. K.

Schon mal untersucht

Zu Dr. S., dem Landarzt in D., kommt ein Mann zur Untersuchung. Der Arzt vermutet, es könne sich um Anzeichen der Zuckerkrankheit handeln. „Sind Sie schon mal auf Zucker untersucht worden?" fragt er also. Worauf der Patient meint: „Aber nei, Herr Doktor, heechstens mal auf Kaffee an der Grenz'."

Die Schniefkebahn

Einer meiner Brüder war bei unserer gemütlichen alten Kleinbahn als Lokomotivführer beschäftigt, wir nannten sie immer die Schniefkebahn. Otto nun, ein anderer Bruder brachte ihm jeden Tag das Mittagessen hin. Einmal nun blieb er solange aus, daß wir fürchteten, es könne ihm etwas zugestoßen sein. Aber dann kam er doch und berichtete: „Wißt ihr, ich hab' mich bei der Bahn hinten angehängt und bin ein Stück mitgerannt. Als der Zug Galoppche fuhr, da hab ich ihn losgelassen."

G. I.

Er mußte so lachen

Am Hundegatt in Königsberg ist ein Sackträger auf dem Laufbrett ausgeglitten und ins Wasser gefallen, aber er kann schnell noch das Tau ergreifen, das ihm nachgeworfen worden ist. Drei seiner Kollegen müssen sich nun schwer anstrengen, um den Hereingefallenen hochzuziehen, denn er wiegt noch ein Stückchen mehr als zwei Zentner.

Wie der Gerettete nun mit seinem Kopf über das Bollwerk kommt, da fängt er an, laut zu lachen. Seine Kollegen ziehen ihn ganz rauf, und dann fragen sie: „Mensch, was lachst du so dammlich? Bald wärst versoffen. Wir rackern uns ab, und du lachst!" Doch der dem nassen Tod Entronnene meint grinsend: „Ich muß denken, wie wärt ihr alle auf den Arsch gefallen, wenn ich losgelassen hätt'!"

Die Lauben

Der große Marktplatz unserer Kreisstadt hatte schöne Laubengänge, und diese waren auch im ganzen Kreis ein fester Begriff. Einmal mußte ein Bauer, der Gemeindevorsteher war, sehen, daß beim Staubwischen im Wohnzimmer unter seinem Schreibtisch ein Spinngewebe hängengeblieben war, und ärgerlich stellte er fest: „So ist das Weibervolk. Man wieder bloß den Marcht saubergemacht, aber untere Lauben nuscht!"

U. G.

Unverwüstlich

Einem sechzigjährigen Witwer gefiel die Einsamkeit eines Tages nicht mehr so recht, er ging auf Brautschau, und schließlich verlobte er sich mit einer Zwanzigjährigen. Unsere ganze Kleinstadt ist in Aufruhr. Ein Gastwirt, der es gern gesehen hätte, wenn er seine ältliche unverheiratete Schwester geheiratet hätte, nimmt ihn sich abends beim Glas Grog vor und meint: „Mensch, sei doch nicht dammlich, wenn du achtzig bist, dann is deine Frau vierzig." Worauf der Bräutigam nur sagt: „Na was, na was, warten wir mal ruhig ab, bis es soweit is. Dann werd ich mich nach was Jüngerem umsehen."

E. S.

Die Abgabe

Wenn bei uns auf dem Lande Geburtstagsgäste erwartet wurden, dann freute sich unser kleiner Fritz ganz mächtig, denn die Tanten brachten ja stets etwas mit. Wieder einmal war es soweit, und Fritzchen kassierte denn auch fünf Tafeln Schokolade ein, mit denen er zufrieden abzog. Nach einer Zeit fand ihn die Mutter auf dem Hof, wie er ganz in Gedanken versunken dastand. Was denn los sei, fragte sie ihn. Und er darauf: „Muttche, kuck mal, sechs Wagen sind gekommen und bloß fünf Tafeln. Da muß einer so reingekommen sein."

E. K.

Kartoffelbrei

Einmal hörte ich in unserem Kolonialwarenladen zwei Frauen über ihre Lieblingsgerichte plachandern. Die eine sagte: „Ich eß so gern Kartoffelbrei." Darauf meinte die andere: „Ich eß nich Kartoffelbrei. Ich kau mich lieber selbst." C. G.

Das wäre noch besser

1917, als vor allem in den großen Städten des Westens die Ernährung schon recht unzureichend war, hatten meine Eltern Silberhochzeit, und wir wurden von Verwandten, die in der ostpreußischen Heimat lebten, eingeladen, das Fest bei ihnen zu feiern. Und so trafen wir uns alle in dem schönen alten Landhaus zu der Feier, und natürlich nahmen sämtliche Vettern und Basen teil. Es gab Wild und Geflügel, und zwar in recht erfreulichen Portionen. Während wir schmausten, hörten wir vom Tischende die Stimme des damals dreizehnjährigen Vetters: „Ha, Mutter, so'n Essen alle Tage — aber die Hälft' Menschen." v. S.

Mutterchen

In unserem Dorfe wohnte auch der Landwirt R., dessen besonderer Stolz ein schöner Fuchswallach war. Er war auch immer besorgt, daß dieser richtig behandelt wurde. Wie wir nun eines Tages zusammen auf dem Felde stehen, kommt in der Ferne ein Einspänner angebraust. R. wird ganz rot vor Aufregung. „Sehn' Se bloß, Herr Inspektor, das is nu meine Alte. Das Weib fährt, als wenn der Deiwel hinter ihr sitzt!" Nach einer Weile setzt er noch hinzu: „Na, komm du Racker mir man her, ich werd dir schon!" Wie nun Frau R. mit dem Fuchs kurz vor uns hält, da sagt er nur mit einem glücklichen Lächeln: „Na, Mutterche, der Fuchs ging wohl ganz gut", worauf Frau R. antwortete: „Ja, Vaterche, es ging." O. S.

Heimatliche Laute

Auf dem Wochenmarkt in unserer niedersächsischen Universitätsstadt erklingen so manches Mal vertraute ostpreußische Laute, denn manche unserer Landsleute verdienen sich ihren Unterhalt durch den Verkauf von Blumen und Gemüse. Einmal hörte ich: „Madamche, nehmen Se doch noch e paar Blumchens." Diesen heimatlichen Lauten konnte ich nicht widerstehen, und so wählte ich mir ein hübsches Sträußchen. Wie ich nun bezahlen will, sehe ich in ein enttäuschtes Männergesicht: „Man eins? Nehmen Se doch gleich dem ganzen Schmadder." E. G.

Wenn ich schon heer . . .

Auf einem Markt jetzt hier im Westen wurden mir „wunderscheene joldjelbe Jälbehrchen" angeboten, und da sie wirklich sehr schön waren, die Gelböhrchen, kaufte ich sie auch. Natürlich kam ich mit der Verkäuferin gleich ins Gespräch, wobei sie mir berichtete, daß sie aus der Tilsiter Gegend stammt. Darauf sagte ich erfreut: „Aus Tilsit bin ich auch." Bewegt antwortete sie: „Achott, achott, wenn ich bloß Tilsit heer, denn jeht mir's jleich im Knie!" E. G.

Barsch oder Aal?

Der alte Fischer N. sitzt am Haffufer, flickt seine Netze und raucht dabei seine Pfeife. In dieser Beschäftigung läßt er sich auch nicht stören, als seine Frau mehrmals und immer dringlicher zum Mittagessen ruft. Plötzlich kommt sie wütend daher und ruft: „Da kannst schreien und schreien, und der pomadige Kerl kommt nich. Dir muß man erst einem Barsch durch em Noarsch ziehn, dann möchst wohl raufkommen." Aber der alte N. läßt sich nicht aus der Ruhe bringen und meint bloß ganz gemütlich: „Meinst nich, daß e Aal da besser wär?"

Der Zeitpunkt

In unser Putzgeschäft kam — es war nach dem Ersten Weltkrieg — eines Tages eine Arbeitsfrau und verlangte einen Myrtenbrautkranz für ihre Tochter. „Joa, Freileinke, mine Mienke ward frie!" — „Na, Frau Krause, wem ward se denn friee?" erkundigte sich meine Tante. „Na, Freileinke, ok enen von den Angescheetene!" (Zur Erklärung: „Angeschossene" nannte man damals im Volksmund die Kriegsinvaliden.) — Nach ungefähr drei Monaten betritt Frau Krause wieder den Laden und verlangt: „. . . en Doopmitzke" (Taufmützchen). „Nanu, Frau Krause", fragt da die Inhaberin, „all so rasch?" — „Joa, Freileinke", erklärt da die Kundin, „dat ös bi ons so anners, wi rekne vom Verlöwnis!" M. P.

DIE DRITTEN HUNDERT

Nicht nach Maß gearbeitet

Es ist schon lange, lange her, da besichtigte der alte, sehr beleibte Sanitätsrat P. als Kreisarzt auch die sanitären Einrichtungen unserer Gemeinde. Dabei mußte er sich auch von dem Zustand jener Örtlichkeiten überzeugen, in die sich jeder gelegentlich zurückziehen muß. So fragte er auch auf dem Anwesen des Herrn S. nach diesem stillen Örtchen. Nun hatte Herr S. diese Einrichtung sehr schmal gebaut, und er musterte jetzt gerade entsetzt den sehr beleibten Kreisarzt und meinte: „Herr Sanitätsrat, da werden Sie man gar nich raufpassen." K. R.

Was übrig blieb

Frau Trudes Geburtstag fiel in diesem Jahre gerade auf Karfreitag. Nun war das kein geeigneter Tag für eine Geburtstagsfeier, aber verlegen konnte sie die Feier nicht. Am Sonnabend vor Ostern hatte keiner so recht Zeit, und an den Osterfeiertagen würde viel Besuch im Hause sein. Es blieb also bei Karfreitag. Auf den Tisch kam aber nur Fisch; Fleisch war an diesem Tage streng verpönt.

Auch die Schwägerin war gekommen. Auf der Rückfahrt fragte sie den Kutscher, was er denn zu essen bekommen habe. Die Antwort lautete: „Wie immer. Was iebrig blieb. Diesmal die Köpf und die Schwänz' vonne Herrschaften."

Die Liebe ist eine Himmelsmacht

Frau B. hatte schon früh ihren Mann verloren. So mußte sie das landwirtschaftliche Anwesen mit ihrem Sohn allein bewirtschaften, und die beiden hatten es immer recht schwer. Schließlich heiratete der nicht mehr ganz junge Sohn doch noch, und eine Nachbarin fragte Frau B., ob sie sich nicht freue, nun eine Schwiegertochter zu bekommen. Worauf diese dann meinte: „Ach, wir hätten ja sonst noch keine gebraucht, aber es is immer ja so weit mit die Kieh aufs Feld."

Klappmechanismus

Zwei Marjellens sind in die Stadt gefahren und besuchen eines Abends zum erstenmal in ihrem Leben eine Operettenvorstellung im Theater. Mit dem Mechanismus der Klappstühle nicht vertraut, meint die eine nach einer Weile: „Annchen, worauf huckst?" — „Auffem Stuhl." — „Ick huck auf nuscht, ich kann nich mehr!"

Für Arbeit ist gesorgt

Als ich nach der Vertreibung einmal durch eine Stadt in Niedersachsen ging, da kam eine ältere Frau zuerst zögernd und schließlich sehr erfreut auf mich zu: „Men Jott, ich denk immer, die kennste doch. Sind Se nich am End die Frau Amtsrichter aus Rhein?" — „Ja", erwiderte ich, „aber wer sind Sie?" — „Aber nu sag einer, de Frau Amtsrichter kennt mich nich mehr. Ich hab doch bei Ihnen gewaschen, als Ihr Sohnche noch ganz klein war!" Nun dämmerte es bei mir. Ach ja, das war ja Frau W. Prüfend fragte sie: „Na, was macht denn Ihr Mannche? Ist der noch immer beis Amtsgericht?" — „Nein, der ist hier beim Landgericht." — „Na ja, da verdient er wohl viel Jäld. Mord is ja immer! Na denn jrießen Se ihm man scheen und denn auf Wiedersehn!" E. G.

Ausradiert

Im Schweinestall regierte der alte M. Als der Besitzer ihn nun eines Tages mit einem Blick auf eine bestimmte Sau fragte: „Na, wann wird die Sau nun ferkeln?" da erhielt er zur Antwort: „Ich weiß das nu auch nich. Ich hatt' ihr den Tag mit Kreid' auffem Puckel geschrieben, aber die Krät hat sich nu das abgeschurgelt."

Der kategorische Imperativ

Der Gutsbesitzer L. in Heinrichsbruch, Kreis Pr.-Eylau, hat einen unrichtigen Kirchen-Dezem-Bescheid erhalten. Er berichtigt am 20. Juni 1881 die Deklaration zum Personal-Kirchen-Dezem mit folgenden Worten: „Wie ich zu einem kleinen Sohn à zehn Pfennig komme, begreife ich nicht. Diese Angabe des Pfarrers Clemens hat in meiner Familie gerechtes Erstaunen erregt. Eine kleine Tochter à zehn Pfennig ist bereits vor fünfundzwanzig Jahren tot. Es ist wünschenswert, daß der Pfarrer Clemens richtige Seelenregister aufstellt."
Daraufhin beschwert sich der Pfarrer wegen des Tonfalls der Berichtigung von Gutsbesitzer L., und als der Landrat nun L. vermahnt, erhält er einen geharnischten Brief mit folgenden Worten:
„. . . Denn nur der Gott über mir und der kategorische Imperativ in mir geben mir im Bewußtsein meines Rechts die Richtschnur meines Handelns an."

Die Kohlrouladen

Auf unseren Gutshof kam zu kleineren Reparaturen immer ein alter Maurer aus dem nächsten Dorf, der natürlich auch mitbeköstigt wurde. Als er wieder einmal da war, gab es gerade Kohlrouladen. Nach Tisch stellte die Köchin überraschend fest, daß der Meister sämtliche Kohlblätter fein säuberlich abgewickelt und auf den Tellerrand geschichtet hatte. „Nanu", sagt sie, „hat Ihnen der Kohl denn nicht geschmeckt?" Worauf der Meister sie ansah: „Fräuleinche, dem Kummst können Sie sich andermal sparen. Mich schmeckt der Klops ohne Windeln besser!" W. B.

Wenn er nicht wäre

Ferdinand, der Hütejunge auf der Försterei, war sozusagen Mädchen für alles. Jeder hatte was für ihn zu tun, und von allen Seiten hörte man immer wieder: „Ferdinand, Ferdinand!"

Als einmal wieder viel nach ihm gerufen wurde, hörte Ferdinand sich das an, dann steckte er den Kopf aus der Stalltür und rief: „Ferd'nand! Ferd'nand! Nach **wem** schriet ihr, als ich nich war?"

Die Enttäuschung

Die Pilzen- und Beerenguste war schon ziemlich betagt, als sie einen Chausseearbeiter heiratete.

„Na, Auguste", sagte meine Mutter einige Wochen nach der Hochzeit zu ihr, „wie ist denn das so mit dem Verheiratetsein?"

„Ach", meinte Auguste, „das is nuscht. Das Essen muß immer so pinktlich sein. Na, wo hat einer schon im Wald 'ne Uhr — und kommt man ze Haus, dann huckt da so'n fremder Kerl inne Stub und schimpft auffem Essen. Nä, das is nuscht!" K. R.

Bei der Kälte

Eine junge Frau wollte bei einer Königsberger Fischfrau Fische kaufen. Es war im Winter, und die Fische auf dem Tisch waren gefroren. „Was ist mit den Fischen? Die sind ja alle schief und krumm", meinte sie. Worauf die Fischfrau ihr antwortete: „Na, Freileinchen, legen Sie sich man in dem Frost so nackicht auf dem Tisch, da werden Sie sich auch krimmen und nich lang ausstrecken!"

Die Verwandtschaft

Einmal fuhr ich in der Bahn zwischen Tilsit und Labiau mit einem alten Bauern, dem der Schalk nur so aus den Augen blitzte. Wir kamen ins Gespräch, und dabei fragte ich ihn, ob er den Naubereit aus G. kennt.
„Ja, ja", sagt er, „dem kenn' ich. Wir sind auch ein bißchen verwandt."
„Nei, so was", sag ich, „verwandt?"
„Ja", sagt er, „der hat mal Jänseeier von uns gekauft!" M. P.

Seine Sorge

Es war noch in jenen Jahren, als die Dampfdreschsätze ziemlich neu waren. Da passiert es auf dem Hof meines Großvaters, daß der große Treibriemen unvorschriftsmäßig mit zwei starken Bolzen zusammengeschraubt worden war. Als mein Großvater unter dem laufenden Riemen durchkriecht, erhält er einen Schlag gegen den Kopf und fällt besinnungslos auf den Boden.
Unser alter Hausarzt wird schnell herbeigeholt. Wie nun Großvater nach drei Stunden endlich die Augen aufschlägt, da sagt denn der Doktor zu ihm: „Na, alter Herr, was machen Sie für Sachen! Was haben Sie sich eigentlich so gedacht?" Darauf mein Großvater: „Ach, Herr Doktor, ich hab die ganze Zeit bloß nachgedacht, wen meine Alte jetzt heiraten wird." W. P.

Die Verbindung

Im Warteraum einer Station unterhält man sich lebhaft. Ein nach dem Ruhrgebiet abgewanderter junger Mann, den es im Urlaub aber doch noch immer in die Heimat zieht, preist sein Leben dort: Immer Tanz in den Lokalen, stets neue Kinoprogramme, das Leben sprüht, der Verkehr flitzt nur so, — und hier? Ohne Verbindung mit der Welt, abgeschlossen von allem, lebten die bedauernswerten Menschen in den Dörfern. Nach diesen Ausführungen ist zunächst alles still, aber dann legt die Frau des Kämmerers A. richtig los: „Was sagst du Oap? Keine Verbindung nich? Wo der Milchwagen jeden Tag nach e Bahn fährt!"

An langen Tagen

Den Abkürzungsfimmel, wie er heute im Schwange ist, den hatte man bei uns nicht, aber manchmal kürzte man doch gern den Namen ab. Auf unserem Hof wurde ein älterer Gespannführer von allen seinen Arbeitskameraden immer nur kurz „Lipp" genannt. An einem schönen Tag mitten im Hochsommer aber schwang sich der so Angeredete zu der folgenden Ansprache an seine Kollegen auf: „Wißt ihr was? Bei diese langen Tage, da könnt ihr zu mir meist Gottlieb sagen."

K. B.

Der Pferdeschwanz

Ein Besitzer hatte in die Wand Pferdehaare geschlagen, die dazu dienten, die Kardätschen reinzumachen. Sein kleiner Sohn besah sich das, und er hatte darüber scharf nachzudenken. Als der Vater nun morgens an sein Bett trat, machte der Junge ein nachdenkliches Gesicht, und der Vater fragte ihn, was er jetzt mache. Hänschen antwortete: „Ich similiere." — „Worüber denn?" „Ach, ich similier' bloß immer, wie das Pferd durch die Wand gekommen is. Und der Zagel is ihm steckengeblieben."

Man muß sich nur richtig drehen

Der alte Schukat war ein guter Dachdecker, aber er trank auch gern einen. Als er nun einmal auf dem Dach eines Wohnhauses eine Reparatur machen mußte, da fiel er zum Entsetzen der Kinder, die bewundernd zugeschaut hatten, einfach runter. Die Erwachsenen liefen herbei, aber Schukat rappelte sich gerade von einem Heuhaufen auf, auf den er gefallen war. Ihm fehlte nichts. „Mensch, Schukat, hast du aber Glick gehabt!" hieß es allgemein. Schukat aber meinte: „Was is da Glick! Als ich sah, daß ich fall, da schwenkt ich mir."

Schwieriger Fall

Onkel Karl kommt nach vielen Jahren zu seinem Bruder zu Besuch, und beide begrüßen sich sehr ausgiebig. Der kleine Willi steht abseits und sieht aufmerksam zu. Schließlich fragt ihn Onkel Karl: „Na, Willichen, hast mich auch erkannt?" — „Ja", meint Willi, und fügt hinzu: „Weißt auch woran?" — „Na, woran denn?" — Und hierauf Willichen: „Ans Gesicht!"

Nicht immer

Ich fahre mit der Bahn nach Hause zur Hochzeit meiner Schwester mit einem als leidenschaftlichen Jäger bekannten Forstmann. In Wehlau steigt eine Tante von mir ins Abteil, und nach herzlicher Begrüßung beginnt sie, die Vorzüge der bevorstehenden Verbindung zu preisen. Besonders gefällt ihr, daß auch meine Schwester die Jagd sehr liebt. „Es ist doch überhaupt schön, wenn die Frau alle Passionen des Mannes teilt!" Da mischt sich ein dicker Mitreisender ein, der, wie alle im Abteil, voll Interesse zugehört hat. „Sagen Se das nich, junge Frau, ei wenn er sauft?" K. v. D.

Mit oder ohne

Mit oder ohne Damen? Diese Frage war auch schon vor fünfzig Jahren bei der Veranstaltung von Festlichkeiten nicht immer ganz leicht zu entscheiden. Ein Dorfkavalier schrieb dazu an seinen Freund: „Kein Verjniegen ohne die Damen, aber mit denselben läuft es zu sehr in dem Gelde."

Von hinten und von vorne

Zu den drei Jungen war eben ein Mädchen angekommen, und die Frauen drehten es von hinten nach vorn und von vorn nach hinten und konnten sich nicht genug daran tun, es zu bewundern. „Grübchen hat es wie die Mama, aber sonst ganz der Papa." Worauf der Papa vom Skattisch aus erklärt: „Von hinten ähneln sie mir alle, von vorn bloß einer."

Dunkelheit

Fritz und Mariechen nahmen vor der Haustür schweigend Abschied voneinander. Nach einer langen Weile meint Fritz: „Is so dunkel, nich mal die Hand vor den Augen kann man sehen." Worauf Mariechen feststellt: „Nei, mein Trautsterche, da hast se ja auch nich!"

Mir auch

In einem der Lokale, in dem es die berühmte Rinderfleck gab, sitzen drall und mit roten Backen zwei richtige ostpreußische Frauen vom Lande, jede mit einem Teller Fleck vor sich. Sie machen sie sich zurecht mit Majoran und Essig, und die eine nimmt auch, wie das manche lieben, aus dem Topf mit Senf eine richtige Portion Mostrich. Worauf die andere ihr den Teller ein wenig zuschiebt und zu ihr sagt: „Duchen, klecker mir doch auch ein bißchen!"

Stürmische See

Es gibt einen Film, in dem kommt ein großer Sturm vor, und das Meer wirft krachend Welle um Welle auf den Strand. Die Zuschauer kennen das, sie haben ja selbst so manches stürmische Bad in der Brandung der Ostsee genommen. Und da ertönt denn auch durch die atemlose Stille eine weibliche Stimme: „Mänsch, eine davon ins Kreiz, denn liegst aber!"

Der schwere Gang

Ein Förster war Junggeselle geblieben, aber als seine Schwester starb, die ihm die Wirtschaft geführt hatte, da blieb ihm doch nichts anderes übrig, als zu heiraten, und es wurde ihm eine passende resolute Frau besorgt. Die Dorfkirche war bei der Hochzeit bis auf den letzten Platz gefüllt, und als nun das Brautpaar die Kirche betrat, da konnte man eine laute Stimme hören: „O mein Gottchen, jetzt bringen sie ihm!"

Zuviel verlangt

Auf dem Wochenmarkt bemängelte eine Käuferin die zu kleinen Eier, und sie macht das solange und so ausgiebig, daß schließlich der Bäuerin die Geduld reißt: „Na, glauben se vleicht, meine Hienerchens werden sich wegen Ihnen ihre Popochens aufreißen?"

Maßstab

Kindergeburtstag, und natürlich gibt es sehr viel Kuchen und Schokolade. Überhaupt ist die Stimmung ausgezeichnet. Als verspäteter Gast erscheint eine alte Dame, und sie fragt den kleinen Jungen, der ihr die Tür öffnet, ob es ihm denn hier gut gefalle. Worauf dieser sie strahlend ansieht und sagt: „Fein is, Tante, einer kotzt all."

Auch ihm ging es so

In unserem Städtchen lebte einst der wohlbeleibte Herr B., ein rechter Gemütsmensch. Nur einen Fehler hatte er, vor allem in den Augen seiner Eheliebsten: wenn er sein Bier trank, dann konnte er kein Ende finden. So war einmal wieder schon der Sonntagmorgen angebrochen, als er von seinem Dämmerschoppen nach Hause kam, „Mann, wo warst so lange?“ empfing ihn seine Frau, um vorwurfsvoll noch hinzuzufügen: „Die ganze Nacht hab' ich kein Aug' zugemacht.“ Worauf B. in aller Ruhe antwortet: „Na, denkst ich vielleicht?“

C. K.

Flecktyphus

Als im Ersten Weltkrieg von der Goltz Pascha in der Türkei dem Flecktyphus erlegen war, nahm man in Ostpreußen starken Anteil daran. In einem kleinen Städtchen sprechen am Gartenzaun der Rektor und sein Nachbar über diesen Fall. „Sagen Sie mal, Herr Rekter, was is das eijentlich für 'ne Krankheit, der Flecktyphus?“, fragt der alte H. Der Rektor sagt ihm nun, was er darüber weiß, und also auch, daß der Flecktyphus sehr ansteckend sei und durch Läuse leicht übertragbar. Darauf meint der alte H. nachdenklich: „Daß die Läuse aber gleich bis anne Fleck gehen?“

Die Bixen

Bei Lehrers wird Honig geschleudert. Auch Damenbesuch aus der Stadt ist dabei und hilft kräftig mit. Die Frauen schneiden die Waben auf, die Schwester des Lehrers schleudert sie, und dann wird der Honig in große Gefäße getan. Da bringt der Lehrer aus dem Garten wieder eine Ladung Waben, und wie er die offenen Gefäße sieht, erklingt es in schönstem Ostpreußisch: „Aber meine Damen, wenn Sie die Bixen voll haben, dann müssen Sie sie rasch zumachen, sonst entweicht das Aroma!“

Zu spät

Mein Großvater war schon ein alter Mann von zweiundsiebzig Jahren, als er sich trotz allen Abredens noch ein Fahrrad kaufte und das Radfahren lernte. Schließlich konnte er auch schon eine Strecke lang fahren, ohne umzukippen. Als er so wieder ein Stück gefahren war, begegnete ihm ein alter Bekannter aus dem nächsten Dorf. Ehe Großpapa sich noch darüber einig geworden war, wie er an ihm vorbeikommen sollte, trafen sich im Chausseegraben wieder. Da meinte der war es schon geschehen, und die beiden alten Herren Bekannte recht böse: „Na Mensch, kannst nicht klingeln?" Worauf Großvater antwortete: „Na, was nutzt nu noch das Klingeln?" G. R.

Der Rudersport

Als unser kleiner Neffe Max einmal auf Besuch in Königsberg war, da stand er staunend mit mir am Pregel. Er sah dabei auch zum erstenmal in seinem Leben einen schnittigen Achter, der in voller Fahrt seines Weges zog, wobei die Ruderer das Wasser nur so „harkten". Mäxchen aber fragte mich: „Tante, sag, fejen die dem Pregel?" E. Sch.

Der Reihe nach

Der alte Herr S. war der Meinung, daß es bei der Heirat seiner sechs Töchter streng nach der Reihenfolge gehen müsse, eine jüngere sollte die ältere nicht „auf den Backofen setzen".

Eines Tages war wieder ein Freier da. „Ja", sagte der alte Herr, „welche wollen Sie denn?" — „Fräulein Friedchen", meinte der Freier. Martha aber war älter als Friedchen. Erregt sprang S. auf, sah den Bewerber mit rollenden Augen an und grollte: „Nei, mein Lieber, ausjelesen wird nich! Meine Töchter sind keine Kartoffeln!"

Eigene Erfindung

Beim Räumen der Gräben tragen alle gute Gummistiefel, nur Franz, ein besonders tüchtiger Helfer, hat ein Paar alte und ziemlich abgerissene Schnürschuhe an. Auf die Frage, warum er denn beim Arbeiten nicht auch Gummistiefel anziehe, meint er lächelnd: „Herrchen, meine sind viel besser, die sind dräniert. Das Wasser läuft oben rein und unter wieder raus.

Am Grabe

Bei einer Beerdigung weint die Frau ganz herzzerbrechend. Der Pfarrer spricht ihr Trost zu, sie hört sich auch alles an, dann aber meint sie plötzlich: „Ach, Herr Pfarrerchen, das is ja nich an dem, aber das war mein dritter Mann, und wie wird es mir nun mit dem vierten gehn?"

Der Grund

Mutti muß ihren beiden Sprößlingen Harald und Marga immer aus der Zeitung vorlesen. Als dabei einmal auch die Verlobungsanzeigen drankamen, fragte die siebenjährige Marga: „Mutti, sag mal, warum schreiben das die in die Zeitung, wenn sie sich verloben?" Harald, um ein Jahr älter, meint: „Na, du Dumme, das ist doch klar; die andern Bräutgams müssen doch wissen, daß sie nich mehr zu kommen brauchen!"

Wie feiern wir Ostern?

Das dritte Schuljahr soll einen Aufsatz über das Thema „Wie feiern wir Ostern?" schreiben. Alle mühen sich angestrengt, nur Karl-Heinz, der jüngste Sohn des Gutsinspektors, zeigt schon nach ein paar Minuten seine Tafel vor. Auf dieser konnte der Lehrer dann lesen: „Wir feiern Ostern überhaupt nicht. Eier kriegen wir alle Tage und Kuchen gibt's jeden Sonntag."

Ein Wrack

In der Religionsstunde trug einmal der Lehrer ein schönes, frommes Gedicht vor, das mit den Worten endete: „... wie ein Wrack am Strand." Nun, das Dorf lag nicht am Meer, und so hielt es denn der Lehrer für richtig, seinen Schülern den Begriff Wrack klarzumachen. „Kinder, wißt ihr, was ein Wrack ist?" Eine ganze Weile erhielt er keine Antwort, aber dann meldete sich Fritzchen P. und trompete: „Ein Wrack? Das ist ein Gehrock mit abgeschnittenen Scheeskes." H. K.

Wenn nicht...

Auf einem Gut werden die Teiche abgefischt, und wie alle anderen, so bekommt auch eine als sehr fromm bekannte Instfrau eine schöne Portion frische Fische, und gerade kurz vor der Mittagspause, wo es also höchste Zeit war, daß Mittag gemacht werden mußte. Sehr erfreut bedankt sie sich: „Ich dank auch schön für die schönen Fisch, ich wußt gar nicht, was ich sonst zu Mittag gemacht hätt, aber ich dachte, der liebe Gott wird schon sorgen, und nu hat er auch gesorgt." Und nach einer Pause fügt sie hinzu: „Sonst hätt ich Kartoffelflinsen gemacht." K. R

Bloß ein bißchen

In der Amtsstube des Pfarrers erscheint ein junges Paar, das Aufgebot zu bestellen. Nach alter, strenger Kirchenzucht war das Läuten beider Glocken nur jungfräulichen Paaren gestattet, und so kam die Gewissensfrage, ob das volle Geläute ertönen könne. Etwas zaghaft kommt es: „Ja, ja, Herr Pfarrer!"

Nach kurzer Zeit klopft es abermals an die Tür und der junge Bräutigam steckt verlegen den Kopf hindurch: „Herr Pfarrer, das ist man so — wegen der Leut — mit einer Glocke — — — wenn — — — die kleine Glock braucht man bloß so mitzubimmeln!"

Hoahn un Gluck

Als — es war vor dem Ersten Weltkrieg — das Standbild des Großen Kurfürsten in Pillau eingeweiht wurde, da befand sich unter den Festteilnehmern auch der Kommandierende General von Kluck. Neben ihm stand während der Feierlichkeit der Stadtverordnetenvorsteher von Pillau, der bekannte Kaufmann Hahnke. Der veranlaßte dann einen Zuschauer zu der ziemlich lauten Feststellung: „Nu kick bloß moal, de Hoahnke und die Gluck!"

Die Schicksalsschläge

Onkel Otto, der den Alkohol sehr liebte und eine auffallend rote Nase hatte, wurde von seinem kleinen Neffen Fritz gefragt: „Onkelche, was hast du so ein rotes Nasche?" — „Fritzchen, das sind alles Schicksalsschläge", meint Onkel Otto. Worauf Fritzchen nach einiger Überlegung fragt: „Onkelche, und immer auf dem Nasche?"

Die Rastenburger Kleinbahn

Unsere liebe Rastenburger Kleinbahn hatte es nicht mit der Schnelligkeit. An unserer Haltestelle Sch. liefen Chaussee und Gleise ein Stück parallel. Wir hatten wieder einmal Besuch gehabt, und wie das so geht, hielt man sich beim Abschied zu lange auf, so daß es wirklich die allerhöchste Zeit war. Unser alter Kutscher Hermann brauste denn auch in gehörigem Tempo ab, und die Füchse taten ihr Bestes.

Als das Gespann nach einer Stunde zurückkam, fragten wir: „Hermann, kamen Sie denn überhaupt noch zur Zeit?" Hermann kniff ein Auge zu und meinte: „Dat wär man groads so. De Boahn käm umme Eck, wie foahre e Stick tosamme, oawer als öck ihr erscht vor wär, doa kunn se mir nich mehr weg!" E. H.

Die Straßensperre

Zwei allzu muntere Gesellen hatten sich im Krug übernommen und torkelten heim, aber sie schafften den weiten Weg bis nach Hause doch nicht mehr. Der eine bettete sich im trockenen Straßengraben, der andere aber blieb auf der Straße liegen. Im Morgengrauen erwachte der im Straßengraben liegende, schüttelte seinen Freund und munterte ihn auf: „Kardel, riehm (räum) die Schossee, de Melkwoages koame!"

Die Industrie

Der Bauer R. heiratete einige Jahre nach dem Tode seiner Frau eine Hebamme. Der Landwirtschaft ging es damals nicht gerade gut, aber dafür hatte seine Frau, die Hebamme, sehr viel zu tun. Wenn man nun R. fragte, wie es ihm ginge, dann meinte er: „Ach, so'n bißchen Industrie is neben der Landwirtschaft janz gut!"

Der Kunstgenuß

In dem Städtchen Sch. sollte ein Kirchenkonzert gegeben werden. Es meldete sich auch ein älteres Fräulein, das viele Kinder in der Stadt im Klavierspiel unterrichtete. Natürlich übte sie sehr eifrig, und zwar bei offenem Fenster, und aus dem Stübchen drang an den stillen Sommerabenden die schon recht schrille Sopranstimme, die auch mit den Tremolos nicht sparte.
Als sie wieder einmal so richtig übte, kam ein altes schwerhöriges Mütterchen die Straße entlang geschlurft, erschrak sehr und blieb stehen. Und als nun zwei bekannte Frauen ankamen, da machte sie ihrem bedrängten Herzen Luft und rief ihnen zu: „Liebes Gottchen, habt ihr denn kein Herz im Leib! Laßt doch dem Doktor kommen und helft der armen Frau in ihren Nöten!"

Auch ein Genußmittel

Es war noch in jener Zeit vor dem Ersten Weltkrieg, als die Dorfpfarrer Schulvisitationen machten. Pfarrer R., dem man bei seinen roten Backen ansah, daß er gern mal ein Gläschen trank, sprach dabei einmal mit den Kindern über die verschiedenen Genußmittel, und er fragte sie dabei, was sie denn beim Frühstück gehabt hätten. Immer wurden Milch oder Kaffee oder Milchsuppe genannt. Von Kakao sprach keiner, und so fragte der Pfarrer denn: „Was meint ihr wohl, was ich denn heute zum Frühstück getrunken habe?" Worauf der kleine Herbert den Pfarrer musterte und dann meinte: „Na, vielleicht ein Grogchen, Herr Pfarrer?"

Was so die Zeit macht

K., Pfarrer in einem Kirchdorf in Masuren, war ein Original. Trifft er da eines Tages ein junges Ehepaar mit seinem ersten Sprößling. Er schaut ihn sich interessiert an. Da sagte die junge Ehefrau so etwas betrübt: „Ja, nur etwas schwach ist er!" — „Schwach?" fragt der Pfarrer. — „Na ja", sagt der Ehemann, „Ihre Nichte (die Nichte des Pfarrers) ist doch genau so alt und die ist doch viel kräftiger!" Worauf Pfarrer K. meint: „Ja, sehen Sie mal, mein Bruder ist ja auch schon zehn Jahre verheiratet und Sie man bloß erst drei Monate!"

Verkehrte Welt

Bauer R. ist tüchtig, nur hat er den Fehler, viel zu viel dem Alkohol zuzusprechen. Einmal, wie er wieder schwer angetrunken ist, trifft ihn der Pfarrer, und er redet ihm ins Gewissen. R. hört sich das ein Weilchen an, dann aber wird er wütend und ruft: „Wegen dem Saufen, da schimpfen se alle, aber wegen dem Durst, wo einer immer hat, da schimpft keiner!"

Es kommt noch

Tante Lottchens Sohn, der Erich, hatte sich verlobt. Wir kannten „diejenige, welche" noch nicht und fragten Tante Lotte deshalb: „Wie sieht sie denn nu eigentlich aus?" — „Ach", antwortete sie, „hibsch is se grad nich, aber man sieht sich ein." E. Sch.

Der Notruf

Es war in jener Zeit, als in den Straßen von Pillkallen noch die Nachtwächter gingen. Geriet einer von ihnen einmal in Not, dann hatte er den „Notruf" zu blasen; dieser sollte die anderen Nachtwächter herbeirufen. Damals kamen auch allwöchentlich junge Leute zusammen, um Skat zu spielen und ein Achtel Bier auszutrinken. Als geheiligtes Recht galt es, daß dem Nachtwächter, wenn er erschien, um Feierabend zu bieten, der noch nicht vertilgte Rest des Bieres zustand.
An einem Abend war der Skat besonders gut geraten, und man hatte das Trinken vergessen. Als nun der Nachtwächter kam, war fast noch das volle Achtel ungetrunken. Lächelnd fragte man ihn, was er denn nun tun würde. Der war aber keineswegs verlegen, sondern strich in Vorfreude genießerisch seinen Schnurrbart und meinte: „Herrjes, ich werd' trinken und dann dem Notruf blasen!"

Die Belehrung

In einer Predigt nennt Pfarrer K. den Wacholder als Beispiel für Härte und Widerstandsfähigkeit, und er ermahnte die Gemeinde, sich an der Zähigkeit dieses Baumes ein Beispiel zu nehmen. Erst am Schluß seiner Predigt fällt ihm ein, daß die Bezeichnung Wacholder ja in Ostpreußen ungebräuchlich ist und daß viele seiner Gemeindeglieder nun gar nicht wissen würden, welchen Baum er gemeint hat, und so sagt er denn: „Es werden viele unter euch sein, die gar nicht wissen, was das ist, der Wacholder. Aber ich sage euch, es ist der Kaddick! Amen, Amen!"

Schlechter Appetit

Gastwirt Sch. aus K. war seines gesegneten Appetits wegen weit und breit bekannt. Als er einmal krank wurde, kam am Morgen sein Doktor, um sich nach seinem Befinden zu erkundigen: „Nun, wie steht's?" — „Ach, Herr Dokter, es mecht schon gehn, bloß mit dem Essen will und will es nicht klappen. Gestern abend hab ich bloß so Pfundche Leberwurst und so acht, neun Klopsches verdrickt, und da mußt ich mir die ganze Nacht im Bett rollen und wälzen."

Die Beichte

Pfarrer F. war im Ermland als musikalisches Genie weit und breit bekannt. Seine Stimmgabel trug er stets bei sich. Eines Sonntags saß er im Beichtstuhl und hörte Beichte, während der Kirchenchor eine Messe zu Gehör brachte. Plötzlich spitzte er die Ohren, nahm seine Stimmgabel heraus, schlug sie an und sagte halblaut vor sich hin: „O mein Gottche, schon wieder ä ganzes Tonche jefallen!" Dann steckte er sie weg, wandte sich wieder seinem Beichtkind zu und sagte: „Un wat hebbe Se noch alles jetan?"

Dienstlich

In der Kriegszeit 1914/18 saßen in W. einige Männer mit dem Gendarm in der Mitte in der Gastwirtschaft bis nach Mitternacht zusammen. Nachbar Böhnke war helle, und er verdrückte sich still, um die Gelegenheit zum „Umlegen" einer Sau zu benutzen. Gefahr war kaum vorhanden, denn der Wachtmeister war schon ziemlich voll. Bei der schönsten Arbeit öffnet sich die Tür, und in ihr steht tatsächlich der Gendarm. Sein Notizbuch zückend, fragte er in streng dienstlichem Ton: „Herr Böhnke, wie heißen Sie?"

Von oben gesehen

Frau K. war eine vollschlanke Dame, und sie liebte tiefausgeschnittene Kleider. So zeigte sie sich auch einmal an ihrem Geburtstag ihren Gästen in einem Kleid, das man als recht offenherzig bezeichnen konnte. Die kleine Nichte Marlen klettert auf den Stuhl der heißgeliebten Tante, schaute ihr nachdenklich über die Schulter, dachte eine Weile nach und fragte dann laut und vernehmlich: „Tante Elisabeth, hast du da deine Popochens?"

Das Teuerste

Vetter Hans aus W. war ein guter Familienvater und liebte seine Kinder sehr. Er hatte aber die Gewohnheit, mit seinen Braunen vor dem Wagen sehr schnell zu fahren, wenn er einige Gläschen getrunken hatte.
Mit seiner Frau war er wieder einmal zum Einkaufen in die Stadt gefahren, und er kaufte ihr auch einen schönen Pelzkragen, der natürlich viel Geld gekostet hatte. Auf der Rückfahrt flog der Wagen nur so dahin. „Fahr langsamer!" bat sie immer wieder. Als das nicht half, da rief sie schließlich: „Denk doch wenigstens an die Kinderchen!" Aber auch das fruchtete nicht. Der teure Gatte meinte nur: „Und an den Pelzkragen nich?"

Die Beköstigung

Die alte Stadt Elbing hatte unter ihren Straßen auch zwei Wunderberge. Auf dem Großen Wunderberg wohnte in meiner Jugend der alte Sch., der mit Hühnern und Tauben handelte. Als er, nun schon über sechzig Jahre alt geworden, allein wirtschaften mußte, da wurde er von Frauen aus der Nachbarschaft gefragt, wie er es denn so allein mit der Beköstigung habe. Worauf er dann meinte: „Seht mal, eh' ich aufs Marcht fahr, koch ich mich und setz mich in die Röhre, und wenn ich vons Marcht nach Hause komme, dann eß ich mich."

P. P.

Das Ballett

Onkel L. hatte in Königsberg eine Operette gesehen, in der auch ein Ballett recht ausgiebig auf der Bühne getanzt hatte. Als er später von einem Nachbarn, der öfter das Leben in Königsberg „genoß", nach dieser Operette gefragt wurde, da erzählte er auch von dem Ballett. Seine Meinung über die Tänzerinnen faßte er dabei wie folgt zusammen: „De Marjellchens kiekten ut, wie von eener Su gefarkelt."

Die Auskunft

Hans ist sehr, sehr schüchtern und wortkarg, aber wie er nach dem frühen Tod seiner Eltern den Bauernhof übernehmen muß, da gelingt es Tante Agathe, ihm eine Frau zu besorgen. Das Mädchen, auf das die Wahl fällt, ist genau so schüchtern wie Hans. Bis zur Hochzeit treffen sich die Brautleute immer nur im Verwandtenkreis. In diesem Fall hat nun selbst Tante Agathe Bedenken, und so fragt sie nach der Hochzeit den jungen Ehemann: „Na, Hans, wie is euch bloß gegangen, was hast du denn überhaupt zu Miechen gesagt?" Worauf Hans kurz Auskunft gibt: „Na nuscht, es ging auch so!"

Zweierlei Maß

Der kleine Sohn unseres Bäckers brachte mir einmal eine bestellte Torte ins Haus, und ein kleiner Freund von ihm war mitgekommen. Der Kleine, der die Torte gebracht hatte, bekam von mir zwanzig Pfennige in die Hand gedrückt, und dem andern gab ich, damit er nicht ganz leer ausging, fünf Pfennige. Als ich hinter den beiden die Tür wieder schloß, konnte ich noch sehen, wie beide die Hände aufmachten und nun sahen, was sie bekommen hatten. Und wie nun der mit den fünf Pfennigen feststellte, daß sein Freund zwanzig Pfennige bekommen hatte, er aber nun fünf, da schimpfte er laut los: „Da fehlt doch gleich nehmen und anzeigen!" U. G.

Die Freuden des Paradieses

In einer Schule in Königsberg schilderte der Lehrer den Schulanfängern im Anschluß an die biblische Geschichte die Freuden des Paradieses. Er erzählt von den herrlichen Äpfeln, Birnen und Pflaumen, die Adam und Eva nur so von den Bäumen zu langen brauchen. Der kleine Werner rückt unruhig hin und her, dann springt er plötzlich auf und ruft: „Herr Lehrer, hören Sie auf, mir wird schon ganz leckrig!"

Auf der Schniefkebank

In manchen ostpreußischen Kirchen wurden die letzten Bänke unter der Orgelempore die „Schniefkebänke" genannt. Denn da wanderte während des Gottesdienstes manchmal die Tabaksdose hin und her, und es kam auch vor, daß zwischendurch so mancher Handel abgeschlossen wurde. In G., einem Kirchdorf, saßen so während der Predigt auch ein paar Bauern beisammen und nahmen ein Prieschen. Als die letzten Tabakreste so mit Genuß in die Nase hochbefördert waren, sagt plötzlich der eine: „Na, was is nun, nimmst se für siebenhundert Mark oder nich? Im Herbst ist sie am Kalben."

Das ging an die Ehre

In der Tharauer Gegend war der alte Schäfer B. aus Grünhof recht bekannt und geschätzt. Eines Sonntags ging er nun zur Kirche, und sein treuer Hund „Feldmann“ lief ihm nach und blieb bei ihm. Als aber der Pfarrer in seiner Predigt das Schriftwort erwähnte: „Ein treuer Hirt bleibt bei seiner Herde“, da fühlte sich der alte Schäfer schwer getroffen. Ärgerlich stand er auf und sagte ziemlich laut zu seinem „Feldmann“: „Komm, de Spöcklatzgohn betiet söck opp ons!“ (Komm, die Spekulation bezieht sich auf uns!) und beide verließen die Kirche.

Schutz vor Kälte

An einem sehr kalten Wintertag kommt der kleine Karl verspätet zur Schule, und außerdem sieht er recht ungewaschen aus. „Du hättest dich doch wenigstens anständig waschen können!“ meint der Lehrer. Doch Karl verteidigt sich: „Öck loat mi doch nich de Schnuz affreere!“

Ja, was dann?

In dem Dorf Sz., hatte der alte B. es übernommen, die „Herzenshäuschen“ zu entleeren; er war ob dieses Dienstes hochgeschätzt, ja beinahe unentbehrlich. Nun hatte er aus dem Walde außer seinen eigenen Holzhaufen noch ein Stück von einem anderen geholt, er stand vor Gericht, und es sah so aus, als ob er zu Gefängnis verdonnert werden würde. Aber B. war nicht auf den Kopf gefallen. „Hoher Gerichtshof“, so meinte er, „ich mecht' all im Gefängnis gehen, aber wenn denn nu im Dorf die Schieteimer alle überlaufen tun, was denn werden soll, weiß ich nich!“ Nach diesem durchschlagenden Argument fand das Gericht nach kurzer Beratung dann auch einen Weg, B. vor dem Gefängnis zu bewahren.

Der Teufel

In Allenstein lebte einst ein sehr strenger und scharfer Hauptmann, der sich mit dem dortigen Divisionspfarrer nicht gerade gut stand. Als er bei einem Besichtigungsritt auch einmal an der Wohnung des Pfarrers vorbeikam, sah dieser gerade zufällig zum Fenster heraus, und bissig rief der Hauptmann: „Guten Morgen, Herr Pfarrer, was macht der Teufel?" Der Geistliche lächelte: „Der Teufel? Wissen Sie, der reitet umher wie ein brüllender Löwe und suchet, welchen er verschlinge."

Der Duft

In der Blindenschule will die Lehrerin ihren kleinen Zöglingen etwas von der Weihnachtsstimmung vermitteln. Sie hält einen kleinen Tannenzweig über eine brennende Kerze, und mit sichtlichem Wohlbehagen genießen die Kleinen den Tannenduft. Nach einer Weile bittet einer von ihnen: „Freilein, lassen Sie nochmal einen düften!"

„Weckt mir man den da auf!"

Pfarrer K. in einem Kirchdorf im Ermland war ein rechtes Original. Als er während einer Predigt an einem heißen Sommertag merkte, daß einer seiner Zuhörer selig entschlummert war, hielt er in der Predigt inne, zeigte mit dem Finger auf ihn und ließ seine laute Stimme erschallen: „Es wird gebäte, während der Prädigt nicht zu schlafe, weckt mir man den da auf!" Ein anderes Mal wagte die junge, nette Gastwirtstochter, in einem ärmel- und kniefreien Sommerkleid in der Kirche zu erscheinen. Pfarrer K. unterbrach wiederum seine Predigt, zeigte mit dem Finger auf sie und stellte fest: „Obe nuscht und unde nuscht, und denn noch ohne Ärmel!"

Bei Tag und Nacht

Als ich einmal meinen Freund Eduard abends zu einer Tagung abholte, die im Dorfkrug stattfand, stand seine Frau gerade an der Zentrifuge, und beim Geräusch dieser Arbeit verabschiedeten wir uns von ihr.
Erst am nächsten Morgen langten wir wieder auf Eduards Hof an. Es war schon gemolken worden, und wie wir die Küche betreten, sehen wir Eduards Frau wieder an der Zentrifuge stehen. Eduard aber ruft fröhlich: „Na, Mammche, schleiderst noch?"

Das Telegramm

Ein junger ostpreußischer Gutsbesitzer hat ein Telegramm von seiner Braut bekommen, in dem sie ihm ihre Ankunft mitteilt. Er spannt seinen feurigen Hengst an die Gig und fährt zum Bahnhof, um sie abzuholen. Dort muß er aber noch eine ganze Weile auf den Zug warten, und der Rappe tänzelt nervös hin und her. Da ruft ihm der junge Mann ärgerlich zu: „Du Krät, wer hat das Telegramm bekommen, du oder ich?"

Ein Brief

Im Kreisgesundheitsamt in Pr.-H. traf eines Tages ein Brief ein, in dem es u. a. hieß: „Meine Eltern sind beide gesund gestorben, von einer Vererbung kann bei uns also keine Rede sein. Das Kind ist von Juni bis August im Krankenhaus gewesen und infolgedessen gestorben. Im übrigen frage ich Sie hiermit höflichst an: wer hat denn meinen Mann geheiratet, Sie oder ich? Bis jetzt habe ich über meinen Mann zu bestimmen, so lautet das Gesetz . . Wenn mich der Herr Kreisarzt nicht hört, so gehe ich an einen höheren Thron. Zur Untersuchung kann ich nicht kommen, denn ich habe im Sommer Herzasthma gehabt, das wird auch schon zu Ihnen gedrungen sein. Hochachtend Frau X."

Paßt besser

„Flundre, Pomuchel un Stint! Flundre, Pomuchel un Stint!" Dieser singende Ausruf war, wie in jeder Woche, zwei- bis dreimal wieder in unserer Straße auf den Hufen in Königsberg zu hören.
Von allen Seiten kamen Frauen und Mädchen mit allen möglichen Gefäßen herbeigeeilt, um die frische, gute Ware zu kaufen. Auch die Klavierlehrerin meiner Enkel klappte eiligst den Deckel ihres Instruments zu, holte aus der Küche ein Schüsselchen und lief hastig die zwei Treppen auf die Straße herunter. Sie freute sich sehr auf die Bratflundern zu Mittag. Als sie aber Flundern verlangte, erklärte die Fischersfrau, sie habe keine. Ärgerlich meinte das Fräulein zu der Händlerin: „Sie haben aber doch Flundern ausgerufen!" Diese aber entgegnete: „Na ja, Madamche, das paßt mir besser in'n Jesang!" M. Sch.

Dann lieber nich

Dem Konsistorialrat L. in Königsberg wurde als Vikar ein junger Theologe zugewiesen, der ein ziemlich leichtes Leben führte. Die Beschwerden blieben denn auch nicht aus. Eines Tages erhielt der Konsistorialrat den folgenden Brief: „Ich muß Ihnen doch schreiben von dem sogenannten kleinen (hier folgt der Name), der jetzt bei Ihnen Pfarrer lernt. Am vorigen Sonntag trieb er es in der Kneiphöfischen Langgasse, immer aus einer Kneipe raus in die andere rin. Dieser und noch so'n Lorbaßscher Jung, bloß noch etwas größer, und denn solche Zatzchen machen, den Leuten die Beine vorhalten. Wenn so einer Pfarrer werden will, denn lieber nich!"

Worauf zu sagen ist, daß der Geschilderte denn auch wirklich nicht Pfarrer geworden ist; er hat sich bald nach einem anderen Beruf umgesehen.

Die Hoffart

Franz B., ein alter Rentner, war sehr fromm und zog oft als Kollektant für das Angerburger Krüppelheim durch die Lande. Eines Tages kam er zum Mittagessen zu uns. Meine junge Mutter war, daß muß hier eingeschaltet werden, durchaus modisch gekleidet. Sie bot Franz zu Mittag frisch gebackene Waffeln an. Der aber musterte mißtrauisch meine Mutter, dann die Waffeln, und schließlich sagte er im Brustton der Überzeugung: „Hoffart auf dem Bauch und Hoffart in den Bauch! Die Flinsen eß ich nich! Gebt mir glatte Flinsen!"

E. F.

Sehr anschaulich

In einer Schule im Kreise Labiau behandelte der Lehrer das Gedicht vom braven Mann. Sehr ausdrucksvoll trug er auch die Stelle vor, in der es heißt:

> Der Tauwind kam vom Mittagsmeer
> Und schnob durchs Welschland trüb und feucht.
> Die Wolken flogen vor ihm her,
> Wie wenn der Wolf die Herde scheucht.

An dieser Stelle unterbrach er sich und fragte: „Wie würde das wohl aussehen, wenn der Wolf die Herde scheucht?" Nach längerem Schweigen meldete sich schließlich der kleine Karl: „En Stoff (Staub), en Donst und en Zoagelgekringel."

Der Schirm

Frau B. in Memel brauchte sehr nötig einen neuen Regenschirm. Sie kaufte sich ein schönes Exemplar, und als sie das Geschäft verließ, regnete es draußen gerade in Strömen. Da kam ihr eine Nachbarin entgegen, die Frau H., die sie gar nicht leiden konnte. Frau B. versteckte schnell ihren Schirm unter ihrem Mantel, und die beiden gingen nun gemeinsam nach Hause und kamen dort pudelnaß an. Als nun Frau B. von ihren Angehörigen sehr verwundert gefragt wurde, weshalb sie denn den schönen neuen Schirm nicht benutzt hätte, da meinte sie sehr bestimmt: „Sollt ich die H. mit meinem Schirm auch beschirmen? Ich denk nich dran!"

„Gehn mit se kannste . . ."

Vor etwa dreißig Jahren war es in unserem ostpreußischen Kreisstädtchen für uns „höhere Töchter" immer eine große Freude, wenn wieder einmal eine Theatervorstellung angesagt wurde. In unserem „Ermländischen Hof" trat einmal eine Wandertruppe auf, deren Herr Direktor offenbar auch großen Dichterehrgeiz hatte. Eines Tages kündigte er nämlich die Aufführung eines eigenen Dramas an. In dem Stück hatte er natürlich die Hauptrolle, einen alten, sagenhaft reichen Grafen, übernommen. Es wurde ziemlich geschwollenes Deutsch gesprochen, und überhaupt ging es recht rührselig zu. Der Höhepunkt des Dramas wurde erreicht, als sich der Grafensohn in die Kammerzofe verliebte und diese heiraten wollte. Der Direktor als Graf kochte geradezu vor Wut, und es gab eine schwungvolle Aussprache zwischen ihm und seinem Sohn, der natürlich zu der Geliebten stand und eher auf das Schloß als auf das Mädchen verzichten wollte. Bei diesem Höhepunkt rief dann der alte Graf und Direktor die klassischen Worte: „Gehn mit se kannste, aber heiraten . . . nie!" U. G.

Klunkersupp

Frau Z. in P. galt bei ihren Nachbarn als sehr sparsam, ja als geizig. Einmal geriet die Klunkersuppe noch dünner als sonst schon, so daß man auch beim besten Willen nur sehr wenig Klunker finden konnte. Als nun der älteste Gehilfe Fritz seinen Teller füllen wollte und so wenig „Dickes" fand, stand er schweigend auf und zog seine Jacke aus. Frau Z. fragte erstaunt, was er denn nun eigentlich vorhabe. Darauf Fritz: „Ich will inne Schissel springen und nach Klunkers tauchen!"

Der Traum

W. trank sehr gern einen. Eines Nachts saß ihm der Schnapsteufel so sehr im Genick, daß er aufstand, sich an den Schrank schlich und einen gewaltigen Schluck aus der Pulle nahm. Trotz aller Vorsicht war aber seine Frau aufgewacht, und schon donnerte sie ihn an: „Schämst du dir nich, nu auch nachts zu saufen?" — „Na, Mutter, nu sei doch still! Ich träumt', daß ich so fettes Schweinefleisch fraß, und da mußt' ich doch einen Korn drauf trinken!"

Der Kandidat

Die alte T. plachanderte gern mit der B. über die Herrschaft und über die übrigen Bewohner des Gutes. Jetzt hatten sie gerade den jungen Hauslehrer aus Königsberg vor, den Herrn Kandidat, der so hübsch und dabei so klug war, daß er alles zu wissen schien.

Da meinte die B.: „Aber was hätt he bloßig für'n utgefallenen Noame. Herr Kandidat! So wat hädd eck all min Lewdag nich geheert!" — „Ach wat", entrüstete sich die alte T., „ick weet, warum de Herr Kandidat so heet." — „Na, und warum denn?" fragte die andere, vor Neugierde fast platzend. — „Dat is so", erklärte die T.: „He kann dit und he kann dat, und darum heet he Herr Kandidat!"

Das Geschirr

Frau X. besaß ein sehr schönes Gut, war aber mehr als sparsam, ja man kann schon sagen, geizig. Das nach langen Überlegungen für die Kutsche neu angeschaffte Pferdegeschirr durfte nur bei ganz schönem Wetter benutzt werden, während bei Regen und bei Nachtfahrten das pliesrige alte Geschirr gut genug war.

Als nun eines Tages mit einer vornehmen Verwandten eine Fahrt nach der Stadt gemacht werden sollte und mit dem neuen Geschirr angespannt wurde, da stellte Frau X. fest, daß es trübe wurde. Sie steckte die Hand durch das Fenster, und da nun schon Tropfen fielen, rief sie zum höchsten Erstaunen der Verwandtschaft dem Kutscher zu: „Johann, Johann, das Nachtgeschirr! Es drippelt all!"

Gutes Geschäft

Zu dem sehr beliebten Landarzt U., der von Hause aus Bauernsohn war und seine Patienten — allerdings nur bekannte — immer mit du ansprach, kommt eines Tages eine Patientin in die Sprechstunde. Wie sie sich zur Untersuchung entkleidet, fällt ihr etwas klirrend zu Boden: Die Einlage zur Strumpfhalterschlinge. „Was war es denn?" fragt der Doktor. — „Ach, das Fünfdittchenstück, wo ich im Strumpf eingeklemmt hatte."

Die Patientin, die Sprechstundenhilfe und der Doktor suchen, — umsonst. Schließlich meint Dr. U.: „Laß man, Kind, hier hast das Ding von mir als Ersatz", und reicht ihr die halbe Mark. Kaum ist die Patientin fortgegangen, da wird das Geldstück doch gefunden, es ist aber nur ein Dittchen.

Als nächste kommt Frau Trudchen rein, und sie ist sehr verwundert, als der Doktor sie anfährt: „Du willst wohl auch bloß vom alten U. für ein Dittchen 'ne halbe Mark haben?"

Das faule Mensch

Wenn wir früher alljährlich in Ostpreußen zu unseren Verwandten zu Gast fahren durften, dann war es besonders schön, wenn sich in der Schummerstunde die ganze Jugend um den breiten Kachelofen versammelte und die alten und neuen Lieder der Heimat sang. Unser Onkel machte es sich dann meistens auf der anderen Ofenseite auf der Bank gemütlich, träumte vor sich hin und hörte dem Singen zu. Gelegentlich wurden natürlich auch „gefühlvolle" Schlager gesungen. Einmal zum Beispiel sangen wir mit Hingebung: „Laurenzia, liebe Laurenzia mein, ach, wenn es doch alle Tage Sonntag wär!" Nachdem wir sämtliche Verse gesungen hatten, hielt es der Onkel auf seiner Ofenbank offenbar nicht länger aus, er rappelte sich hoch und fragte tadelnd: „Wat sing ju da? Wie heet dat fule Mönsch, dat alle Dag Sinndag hebbe wöll?" H. S.

Das Nötigen

Beim Gutsbesitzer B. gab es zum Abend Klopse. Herr Z., der auch eingeladen war, mochte Klopse aber nicht besonders gern, und diese, die es heute abend gab, schmeckten ihm sowieso nicht sehr. Aber es half alles nichts, — die Hausfrau nötigte immer wieder und legte ihm zum Schluß noch zwei Klopse auf den leeren Teller. Einen kriegte Z. noch gerade herunter, den zweiten ließ er, als gerade niemand hinsah, in der Hosentasche verschwinden.

Nach dem Essen stand man ein Weilchen herum, trank Kaffee und unterhielt sich. Aber plötzlich juckte es Z. sehr in der Nase, er spürte, daß er jetzt mächtig niesen würde, und eilig riß er das Taschentuch aus der Tasche. Dabei flog in großem Bogen der Klops mit heraus. Z. blieb aber auf der Höhe der Situation: „Sehn Se, sehn Se", so meint er zur Hausfrau, „das kommt vom vielen Nötigen! Jetzt kommen mir die Klopse schon aus der Nase raus."

Der Grog

Bauer A. ist mit seinem Nachbarn B. und dessen Frau im Schlitten nach Tilsit gefahren, und trotz der warmen Kleidung und der Pelze sind sie alle doch auf der zwanzig Kilometer langen Fahrt hubbrig geworden. Nachdem die Pferde untergebracht worden sind, geht man in die Wirtschaft, um etwas Warmes zu trinken. A. bestellt sich einen Grog. Frau B., die Herr im Hause ist, bestellt heimlich Fleischbrühe, die ist billiger und, wie sie meint, ihrem Mann auch bekömmlicher. Das Bestellte kommt. Wie B. sein komisches Getränk sieht, da werden seine Augen noch größer als die Fettaugen, die da oben schwimmen, und mißmutig fragt er den A.: „Haben sie in deinen Grog auch Fett reingegossen?"

Der Ausweg

Ein Handwerkerehepaar war reichlich mit Kindern gesegnet, und immer kamen neue. Schließlich war das Dutzend voll. Ärgerlich sagte er da zu seiner Alten: „Jetzt bleib ich nicht mehr unten! Jetzt zieh ich auf die Lucht (den Boden)." Und sie darauf: „Na, Vater, wenn du meinst, daß das helfen wird, dann mecht ich ja mitkommen!"

Im Kitzelkasten

Anna wurde einst zu einer Hochzeit im Dorf als Brautjungfer eingeladen. Der Eleve vom Nachbargut war ihr Brautführer und kam stolz in der Kutsche angefahren, um sie abzuholen. Etwas ängstlich und schüchtern drückte sie sich in die Ecke.
Nachdem nun die Trauung vorbei war und alles an der gutgedeckten Hochzeitstafel saß, erzählte Anna ihrer Freundin: „Weißt, wie ich so in dem Kitzelkasten reinstieg, wurd mir so e bißchen Angst. Aber er sagt nuscht, ich sagt' nuscht. Aber Hitz' hat er."

Erst lange schabbern

Pahlke war Kutscher bei dem bekannten Landwirt Stepputat. Die beiden standen sich gut, was aber nicht hinderte, daß sie sich gegenseitig auch die Meinung sagten. Stepputat fährt wieder einmal zur Bahn. Da trifft er einen Bekannten, er läßt halten, und die beiden reden recht lange miteinander. Schließlich verabschieden sie sich, und Stepputat meint forsch: „Na, Pahlke, nu fahr!" Pahlke aber dreht sich um und sagt ärgerlich: „Schabbern und schabbern, und dann Pahlke fahr!"

Wir Beamte

Der Landrat macht einen Besuch in einer kleinen Stadt, und es wird ihm dabei berichtet, daß der Gemeindediener seinen siebzigsten Geburtstag feiert, übrigens sei er schon dreimal Witwer geworden und wolle jetzt zum vierten Male heiraten. Der Landrat spricht ihm nun zu seinem Geburtstag seinen Glückwunsch aus. Wie der Bräutigam sich dafür bedankt, da fällt ihm ein, daß der Landrat selbst seit einiger Zeit verlobt ist. Und so klopft er ihm auf die Schulter und meint: „Nich wahr, Herr Landrat, wir Beamte gehen weg wie die warmen Semmels."

Ja, ja, die Liebe...

Karl, ein junger Besitzer, wollte Lottchen heiraten, aber er konnte sich mit dem künftigen Schwiegervater nicht über die Brautgabe einigen. Karl wollte nämlich gern einen braunen Wallach haben, und Lottchens Vater wollte ihn nicht geben. Schließlich heiratete Karl ein anderes Mädchen, und Lotte einen anderen Mann, und die beiden kamen auch räumlich weit auseinander. Nach vielen Jahren trafen sie sich bei einem Fest, und Karl begrüßte Lottchen: „Na, Lottchen, kennst mich auch nicht! Noch heute geht die Sage, daß zu guter Letzt der noch?" — „Aber ja, was werd ich dich nich kennen! Du bist doch der, der unserm Wallach heiraten wollt."

Stichelei

Der sonst recht gutmütige, aber gegen Wild- und Holzdiebe recht strenge alte Förster J., der schon manchem Frevler zu einer Ladung feinen Schrots verholfen hatte, steht auf dem Jahrmarkt in Tilsit vor einer kleinen Zirkusbude, neben der auch ein Kamel zu sehen ist und bewundert das „Wüstenschiff". Da schleicht sich von hinten an den Hüter der Wälder der als Wilderer bekannte Jons heran, klopft dem alten J. leise auf die Schulter, zeigt auf das Kamel und meint: „Da Menschke, das is Rehbock, bloß Flinte fehlt!" Ehe Vater J. seinen dicken „Weidmannsheil" (Eichenstock) richtig gefaßt hat, war Jons bereits entschwunden.

Nicht so plötzlich

Zwei Ostpreußen sitzen beim Grog und haben schon so viele Gläser getrunken, daß sie gar nicht mehr wissen, wie viele es waren. Als der eine nun sagt, er werde aufhören, und als er dabei den schwachen Versuch macht, aufzustehen, da ruft der andere ganz entrüstet: „Was, zuerst so viel, und dann auf einmal gar nuscht mehr?"

Der Enkel

In unserer Familie beschlossen wir einmal, nachdem wir gerade unsere Junghennen mit Geflügelmarken gekennzeichnet hatten, ihnen nun auch, wie das bei unserer Nachbarin geschah, einen Namen zu geben. Der pfiffige fünfjährige Ulrich war mächtig bei der Sache, und er schlug nun vor, da zufällig unsere drei weiblichen Lehrlinge am Tisch saßen, man sollte doch nach ihnen das eine Huhn Grete, das zweite Käthe und das dritte Marie nennen. Unserer Oma war das Gerede des Kleinen schon zuviel, und sie sagte: „Ja, ja, und der Hahn, der heißt dann Uhli — und nu sei man endlich still bei Tisch und iß!" Worauf Uhli meinte: „Ja, und die alte Kluck, die heißt Oma!" F. S.

Der Kurfürst

Wir saßen im „Roten Krug" in Schaaksvitte bei unserem Grogchen, als ein neuer und unbekannter Gast hereinkam. Er ging an die Theke und sagte: „Einen Kurfirst, Herr Wirt!"
Der Wirt besah sich den Neuen, griff zur Flasche und fragte: „E großem oder e kleinem?"
Verwundert sah der Gast ihn an und meinte dann bloß: „Mensch, wo sind Sie inne Schul' gegangen? Haben Sie mal was vom Kleinen Kurfirst jelernt?" W. W.

Frommer Wunsch

Er hat in seinem Leben viel Streit mit seinen Nachbarn gehabt, hatte viel prozessiert, und die Frau hatte dabei viel zu tun gehabt, alles wieder auszugleichen und für Frieden zu sorgen. Eines Tages nun traf ihn unerwartet der Schlag, er starb, und die Frau glaubte nach dem ersten Schreck und dem Kummer, sich des nun ruhiger werdenden Lebens freuen zu können. Es kamen aber Prozeßgegner und Verwandte und Freunde mit ihren Ansprüchen, und es gab viel Aufregung und Ärger. Als sie nun von einer Nachbarin gefragt wurde, ob sie nicht jetzt viel ruhiger lebe als früher, da meinte sie: „Ach, wissen Sie, ich hab nach dem Tod von meinem Alten all so viel Ärger gehabt, daß ich manchmal all wünsch, er wäre gar nich gestorben."

Guter Rat

Man kann wirklich nicht sagen, daß die Ostpreußen in kniefälliger Ehrerbietung ersterben, viel eher sind sie geneigt, auch Persönlichkeiten in Rang und Würden sozusagen menschlich zu sehen.
Ist da der Herr Regierungspräsident aus der Hauptstadt des Bezirks in ein Städtchen gekommen, und wie er nun wieder abfahren will, hat sich vor seinem Auto eine kleine Menschenmenge angesammelt.
Der hohe Herr ist sehr beleibt, und so hat er zunächst einige Schwierigkeiten, durch die Tür in sein Auto hineinzugelangen. Da ertönt aus dem Hintergrund eine gemütlich-wohlwollende Stimme: „Ei, vielleicht nakkicht und mit jrine Seif einschmieren, Herr Pesidentche, vielleicht jeht dann!"

Die kleinen „Teufelchen"

Das war noch vor dem Ersten Weltkrieg. Pfarrer T. war als Respektsperson und beliebter Gesellschafter zu einer großen Tafel geladen, die der reiche Landwirt Philipp in Sch., Kreis Pr.-Eylau, ausrichtete. Nachdem das reichhaltige Festmahl beendet und die Tafel „abgetragen" war, ließ der Gastherr nach alter ostpreußischer Sitte einen gut gekühlten „doppelstöckigen" dänischen Korn herumreichen, wobei man aus Befangenheit, Ehrfurcht und schuldigem Respekt den Herrn Pfarrer geflissentlich in der Runde übersah und — ausließ! Pfarrer T., der seine natangischen Bauern sehr gut kannte — er wurde bald Superintendent — schmunzelte vergnügt und ließ sich dann deutlich in echtem Plattdeutsch vernehmen: „Na, Philipp, so väl Diewelke wie Ju, vadroag öck ok!"
Die festliche Runde atmete sichtlich erleichtert auf, und bei dem e i n e n „Diewelke" blieb's natürlich nicht! Noch heute geht die Sage, daß zu guter Letzt der natangische Landpfarrer mutterseelenallein über alle seine Bauern und über alle „Diewelkes" triumphiert hat.

Der Ehestand

Die Tochter des Hauses hatte ihre erste unglückliche Liebe. Der geliebte Mann hatte sich mit einer anderen verlobt.

Die Waschfrau, die schon seit vielen Jahren ins Haus kommt, sieht, wie ab und an die Tränen kullern, und voller Mitgefühl tröstet sie: „Ach, Fräuleinchen! Sie denken, Verheiratsein is scheen! Is gar nich! Jetzt is mein Karl tot, und nu geh ich jeden Sonntag auf den Kirchhof und begieß ihm. Is viel scheener!"

Der Trumpf

Ein paar ostpreußische Bauern, durchweg begeisterte Pferdezüchter, sitzen gemütlich bei einem Glas Grog und prahlen von ihren Pferden. Der eine erzählt, er sei mit seinem Trakehner-Gespann über den zugefrorenen See gefahren und plötzlich vor eine Wuhne (ein großes Eisloch, das die Fischer ausgehauen haben) gekommen, und die Pferde wären mit einem großen Satz über das zwei Meter breite Loch gesprungen. Ein zweiter trumpft auf, das sei noch gar nuscht. Ihm sei mal etwas Ähnliches passiert, aber die Wuhne sei vier bis fünf Meter breit gewesen, und wie er sie gesehen habe — natürlich zu spät um umzukehren —, da habe er seinen Trakehnern noch eins mit der Peitsche draufgegeben, und tatsächlich seien sie mit einem gewaltigen Sprung über die verderbliche Öffnung gekommen. Ein dritter meint schließlich, er habe noch etwas viel Tolleres erlebt. In schneidigem Trab sei er vor kurzem mit seinem Schlitten über den See gefahren, und da sei er an eine Öffnung gekommen, die sei etwa zehn Meter breit gewesen. Und nachdem er noch hinzugefügt hatte, daß es zum Umkehren und Ausbiegen ebenfalls zu spät gewesen sei, verstummte er. „Na und, wat is passeert?" fragten die anderen gespannt. „Wat passeert is? Eck si versoape!"

DIE LETZTEN DREIUNDDREISSIG

Trauer

Frau B., jung und hübsch, verlor ihren Mann. Aber das Trauerjahr war noch lange nicht vorbei, da nahm die junge Witwe schon an einem Fest des Gesangvereins teil. Als sie nun sogar zu tanzen begann, da machte eine Nachbarin mißbilligende Bemerkungen zu ihrem Mann; so etwas schicke sich doch nicht für eine trauernde Witwe. Worauf dieser nur meinte: „Nu laß ihr man! Sie braucht ja nich auch noch mit die Fieße zu trauern!"

Im Dreivierteltakt

Auch im Ersten Weltkrieg hatte die ostpreußische Jugend natürlich viel versäumt. Die jungen Männer, die draußen im Felde gewesen waren, und die Mädchen, die zu Hause schwer zu arbeiten hatten, konnten in jenen Jahren selbstverständlich nicht ans Tanzen denken. Das holte man dann später nach. Auf unserer Dorfwiese wurde in den ersten Nachkriegsjahren oft zum Klang einer Quetschkommode getanzt. Nicht allen gingen die neuen und alten Tänze leicht ein. Unsere Marie zum Beispiel quälte sich ehrlich mit ihrem Karl ab, um ihm den Walzer beizubringen. Eine Freundin beobachtete sie bei einem der Tänze und rief ihr zu: „Mensch, du tanzt ja falsch." Worauf Marie ganz stolz zurückgab: „Laß sie spielen, was sie wollen, ich tanz immer Walzer!" E. St.

Gewöhnung

Lottchen hatte viele Jahre in unserem Haus gedient. Sie war schon etwas ältlich, als sie schließlich noch heiratete. Wir blieben brieflich in Verbindung, und nach einem Jahr kam sie zu uns auf Besuch. Natürlich war meine erste Frage: „Na, Lottchen, sind Sie nun glücklich? Haben Sie das gefunden, was Sie sich für die Ehe erträumt haben?" Worauf Lottchen mit treuem Blick lächelnd erwiderte: „Achottchen, man gewöhnt sich an allem, auch an dem Schrecklichsten!" Ch. N.

Auf Männersuche

Emma, die Hausgehilfin, kommt wieder einmal sehr spät nach Hause, und da sie dann immer am nächsten Tag nicht besonders arbeitsfreudig zu sein pflegt, bleibt nichts anderes übrig, als ihr eine Strafpredigt zu halten. Emma hört sich alles ruhig an, zum Schluß meint sie: „Ist ja gut und scheen. Aber Sie haben Ihrem Mann ja auch nich inne Schublad jefunden!"

Praktische Erdkunde

Schulrat Dinter war seinerzeit weit über die Grenzen Ostpreußens hinaus als großer Pädagoge berühmt.

Wenn er seinen Freund, den Pfarrer Riedel in Klein-Dexen besuchte, benutzte er die Gelegenheit, um die Schulen in der Umgegend zu revidieren.

Als er einmal die Schule in Kumkeim aufsuchen wollte, fragte er unterwegs einen Jungen nach dem Weg. Der Junge, dessen Schule gerade am Tage vorher revidiert worden war, sieht ihn böse an und sagt: „Gestern wußten Sie alles in Afrika und Asien, heute wissen Sie nich mal den Weg nach Krumkeim! Heut weiß ich!" Und damit rannte er davon.

Die Räucherflundern

Wir wohnten in Insterburg. Als neue Hausgehilfin kam Marthchen zu uns. Sie war auf dem Land in einem ganz abgelegenen Dorf aufgewachsen und hatte manche Dinge noch gar nicht gesehen. Eines Tages brachte mein Vater von einer Reise herrliche frisch geräucherte Flundern mit, und auch Marthchen erhielt zum Abendbrot eine Portion. Als meine Mutter dann in die Küche kam, fand sie Marthchen heulend am Küchentisch sitzen. „Im Eimer hab ich ihm jeschmissen, dem Fisch!" schluchzte Marthchen „verbost". Meine Mutter: „Aber warum nur, Marthchen?" — Marthchen: „Ih! Werd' ich dem anjepäserten Fisch essen, wo der Herr de ganze Reis' mach draufgehuckt haben!" Und dann wieder ganz bosig: „Nei, nei, son breitjekleistertes Biest brauch auch kein anständjer Landmensch nich zu essen."
Nun, es hat nicht allzulange gedauert, da schmeckten auch Marthchen die „behuckten" Fischchens sehr gut.

E. Z.

Kurz und bündig

Unserem jungen, unverheirateten Dorfpfarrer führte seine alte Mutter die Wirtschaft. Sie war sehr streng und sparsam, und das Hausmädchen hatte nichts zu lachen. Anna, so hieß es, wurde tüchtig eingespannt, niemals durfte sie zum Tanz, und niemals auch durfte sie an den schönen Sommerabenden mit der Dorfjugend rumschäkern. Auch waren Bezahlung und Essen nicht zu reichlich. Anna verließ also an einem Abend still und heimlich die Stelle. Als sie am nächsten Morgen nicht in der Küche zur Arbeit erschien, ging die Pfarrersfrau auf die Schlafkammer, um Anna zu suchen. Anna war fort. Unter den schönen Wandspruch „Bete und arbeite" hatte sie groß und deutlich geschrieben: „. . . und weiter auch nuscht!" B. Sch.

Beste Küche

Minna, langjährige Wirtin auf einem Gut in der Pillkaller Gegend, verbarg ihr butterweiches Herz gerne hinter rauhen Reden. Eines Morgens kommt ein junger Mann, der sich um die freie Stelle des Kutschers bewirbt, und Minna stellt ihm erstmal einen Teller mit dick belegten Schnitten vor. Der Kutscheraspirant ist sehr erfreut, futtert, was das Zeug hält und fragt dann, ob denn das Essen immer so gut und reichlich wäre. „Du Dussel", entfährt es Minna, „wer hier nich dick wart, dä ös to ful tom Fräte!"

Lieber schriftlich

Vorfrühlingsnacht in einem masurischen Dorf. Meister K. stapft durch den Matsch nach Hause; er kommt von einer Sitzung des Gemeinderats, wo man nach Erledigung des amtlichen Teiles noch tüchtig einen gehoben hat. In dem tiefen Matsch verliert er bald seinen rechten Holzschuh. Nach langem Suchen findet er ihn schließlich im Dreck stecken; er nimmt ihn auf und denkt erst einmal tüchtig nach. Schließlich faßt er einen Entschluß: er nimmt den anderen Holzschuh in die andere Hand und schwankt nun fröhlich nach Haus.

Dort kriecht er gleich ins Bett; das Ausziehen hat er vergessen. Vom Schnarchen wacht Mutter K. auf. Sie zündet die Lampe an, sieht die Fußspuren in der Stube, hebt die Zudecke von des Meisters Füßen, sieht die Bescherung und beginnt eine donnernde Strafpredigt. Der Meister reibt sich die Augen, blickt seine Frau verständnislos an und meint dann lallend: „Ach, Mutterche, schreib doch alles auf, ich les' mir das morgen durch, jetzt behalt' ich doch nuscht nich." Und damit dreht er sich auf die andere Seite. Mutter K. bleibt nichts anderes übrig, als versöhnt und schmunzelnd wieder ins Bett zu gehen.

Wohin?

Im Samländischen Reiterverband wurden in jedem Herbst schwere Jagden geritten. Master war Freiherr Oscar von der Goltz. Auf der Domäne Fischhausen war ein junger, recht wortkarger Eleve v. K., der, obgleich er noch wenig Erfahrung hatte, mitreiten wollte; er suchte sich ein stark pullendes Pferd aus. In dem ziemlich auseinandergezogenen Feld drang er immer weiter nach vorne und schoß plötzlich wie ein geölter Blitz am Master und den Hunden vorbei (eine durchaus verpönte Handlung). Auf den erstaunten Zuruf des Masters: „Mensch, wohin?" antwortete v. K. nur schnell und trocken: „Weiß ich?"

Nehmen Se!

An einem kalten Wintermorgen kommt ein zehnjähriger Junge in unser Kolonialwarengeschäft, die Hände in die Hosentaschen gesteckt und das Kontobuch unter den Arm geklemmt. Als er mit dem Einkaufen fertig ist, dreht er mir die Schulter mit dem unter den Arm geklemmten Kontobuch zu und sagt: „Nehmen Se!" Ich darauf: „Kannst du Lorbaß nicht die Hände aus den Taschen nehmen und mir das Buch anständig geben?" Er aber meint: „Na, denken Sie vleicht, ich werd mir de Händ abkiehlen?" A. K.

Kielkes und Klöße

Seit drei Tagen war Karl, der neue Gehilfe, auf unserem Hof. Beim Frühstück fragte er Marie, unser Hausmädchen: „Marie, wat jöfft hiet to Meddag?" — Marie sprach hochdeutsch und antwortete: „Heute gibt es Klöße!" — „Kloöße", sagt Karl gedankenvoll, „Klöööße", dee, de ät öck nich!"
Die Hausfrau bestimmt also, daß Karl Bratkartoffeln mit Spiegelei bekommt. Als er nun zum Mittagessen kommt, sitzt Marie schon auf ihrem Platz, vor sich einen gehäuften Teller mit Kartoffelklößen und Speck. Auf Karls Platz stehen die Bratkartoffeln mit Spiegeleiern. Karl macht große Augen und ruft empört: „Waaat? Kartoffelkielkes jöfft et! Mien Leibjeröcht. Wi kann öck wete, dat du dammliche Marjell nich moal dietsch kannst und opp Kielkes ‚Klöße' seggst???"

E. W.

Anglerglück

Otto saß im leichten Handkahn im Buhnenfeld und ließ den Wurm schwimmen. Leise gluckste das Wasser um die Steine des Spickdammes. Morgennebel lag über dem Strom.
Plötzlich durchfuhr es Otto wie ein elektrischer Schlag. „Doa hätt joa een ganz grooter angebäte", entfuhr es ihm. Er versuchte, die Beute einzuholen, wie es sich später herausstellte, einen riesigen Wels. Sein Bemühen war vergeblich. Und nun vertauschte das Untier gar die Rollen. Es zog und zerrte an der Angelschnur mit einer solchen Wucht, daß der nicht vertäute Handkahn langsam nach dem Strom zutrieb. Dort, von der Strömung erfaßt und dazu von dem wütenden Vorspann gezogen, nahm er große Fahrt auf.
„Otto", rief ein Angler von einer Spickdammspitze, „Otto, Mönsch, wo wöllst du denn so fröh henn?"
„Dat wet öck nich, mi foahrt der Düwel", schrie Otto und verschwand im Nebel.

Ausprobiert

Auf dem Gut ist eine reichlich vollschlanke Dame aus der Stadt zu Besuch. Wie sie ihren Nachmittagspaziergang macht, fragt sie den Kämmerer, der gerade vom Hof kommt: „Komm ich durch dieses Tor da in den Park?" Er sieht sich die Zweizentner-Dame eine Weile an, und dann meint er: „Na, versuchen Se man, Madamche, ich glaub, es wird jehen. Unser Heuwagen is jestern auch durchgekommen!"

Langer Hals

Weihnachten und Neujahr waren verklungen, doch das wunderbare Marzipan-Arrangement im Schaufenster einer Konditorei in Königsberg wurde immer noch sehr bewundert. Zwei Jungen betrachteten es mit großen Augen. Im Anschauen verloren meinte der eine: „Mensch, Alerke, da mecht ich schlucke wie so'n Adebar!"

Der Schmeichler

Einem durch seine Grobheit bekannten Gutsbesitzer behagt es nicht, daß sein neuer Gutsinspektor immer so liebenswürdig ist. Er möchte lieber einen an rauhe Töne gewöhnten Beamten um sich haben, und er würde es auch keineswegs übelnehmen, wenn der Inspektor zu ihm selbst grob werden würde. So entschließt er sich, ihm zu kündigen.
Der Inspektor machte noch einmal den Versuch, seinen Herrn vom Wert vorbildlicher Umgangsformen zu überzeugen, stößt aber dabei nicht auf das geringste Verständnis. Da verliert er selbst schließlich die Ruhe, und wütend schleudert er seinem Brotherrn jene bekannte Aufforderung des Götz von Berlichingen entgegen, der bisher wohl noch niemand Folge geleistet hat. Seelenruhig aber antwortet der Gutsherr: „Jetzt wollen Sie sich wohl bei mir einschmeicheln? Nuscht zu machen, mein Lieberchen, jetzt is zu spät!"

Die Hilfe

Diese Geschichte spielte sich vor vielen Jahrzehnten in Insterburg ab, als an Wasserleitung und Kanalisation noch nicht zu denken war und als bei schwerem Regen die breiten und tiefen Rinnsteine sehr viel Wasser führten. Eben war ein tüchtiger Platzregen gefallen, als eine junge und zierliche Frau versuchte, einen Rinnstein zu überschreiten, aber der reißende „Strom" und ihr langer Rock hinderten sie daran. Ein kräftiger Arbeitsmann, der des Weges kam, sah die vergeblichen Bemühungen, faßte die zierliche Gestalt mit beiden Händen um die Taille und hob sie hinüber. „Sie unverschämter Mensch, was erlauben Sie sich!", war der Dank. „Na, denn nich!" sagte der Helfer und hob sie wieder zurück. K. H.

Zu hibsch

Es war der zweite Weihnachtsfeiertag und bitter kalt. Meine Schwester weilte zu Besuch bei Bekannten in Buddern, Kreis Angerburg. Vor dem Kaffee wollte man sich noch ein wenig „die Füße vertreten"; die Frauen mummelten sich in die Pelze und gingen die Dorfstraße hinunter. Dort herrschte ein fröhliches Treiben, denn die Jugend tummelte sich bei dem herrlichen Schnee im Freien. Jungs und Marjellchens fuhren eifrig einen kleinen Hügel auf ihren Holzschlitten hinunter. Alle waren vergnügt, nur ein kleiner Steppke, dem ein Eiszäpfchen aus der Nase hing, stand weinend, blau- und steifgefroren, auf der Straße. „Kick, Tante, er weint", machte ein größerer Junge meine Schwester auf den Weinenden aufmerksam.

„Aber warum weint er denn?" fragt diese mitleidig.

„Ihm frieren die Zehen", lautet die Antwort.

„Na denn soll er doch in die Stube gehen und sich aufwärmen", rief meine Schwester.

„Aber nei", erklärte der Junge, „heit is doch draußen so hibsch!" L. P.

Kälte und Grog

Der bekannte P. Elpidius, der durch ganz Deutschland reiste, um gegen den Alkoholismus zu predigen, kam im Winter 1910 zum erstenmal nach Ostpreußen, um auch hier seine Predigten gegen den Alkohol zu halten. Er hatte es dabei auf den in Ostpreußen so beliebten Grog abgesehen. Eines Tages kam er im Zug mit einem Bauern ins Gespräch. Er klagte bei dieser Gelegenheit, daß in Ostpreußen im Winter eine so grimmige Kälte herrsche, was besonders unangenehm sei, wenn man im offenen Wagen eine Fahrt über Land machen müsse. „Ja", meinte der Bauer, „dann müssen Sie eben einen Pelz anziehen und einen steifen Grog trinken."

„Wie lange hält denn die Wärme vor, wenn man einen Grog trinkt, doch höchstens zehn Minuten! Ich muß aber manchmal eine Stunde fahren", versuchte der Pater dem Bauern klarzumachen. „Ja, denn müssen Sie eben sechs Grog trinken!" lautete die philosophische Antwort des Bauern. Woraus man sieht, daß die Mäßigkeitsapostel in Ostpreußen einen schweren Stand hatten.

Die Wohltätigkeit

In unserem Städtchen trafen sich alle vierzehn Tage ein paar gutherzige ältere Damen, um für bedürftige Kinder warme Strümpfe zu stricken. Das alte Fräulein S., das auch zu diesem Kreis der Wohltäterinnen gehörte, sah nun einmal im Winter in einer Straße, wie drei Kinder auf bloßen Strümpfen vor einem Hause höchst vergnügt von der Treppe vor der Tür in den Schnee sprangen, und sie sah auch, daß es die von ihr gestrickten blauen Wollstrümpfe waren. Entsetzt rief sie: „Zieht euch doch die Schuhe an! Ihr zerreißt euch ja die schönen Strümpfe!" Worauf ein kleiner Lorbaß antwortete: „Nei, die Mutter sagt immer, laß die alten Weibers man stricken!" H. P.

Höchste Anerkennung

Landwirt P. aus Serwillen hatte eine bildhübsche Apothekerstochter geheiratet; sie war auch gut gewachsen und groß und stattlich. Und da nimmt es denn nicht wunder, daß sie stark auffiel, als sie in einem sehr kostbaren gelben Seidenkleid in der nächsten Stadt an einer Hochzeit teilnahm.

Ein paar ältere Frauen sahen sich den ganzen Hochzeitszug sachverständig und voller Andacht an, und dann meinte die eine: „Das Scheenste war doch die junge Frau aus Serwillen. Wie die so inne Kirch reinkam, da war rein, als wenn de Postkutsch vorfährt!"

Die jährliche Abrechnung

Ich hatte einen sehr schweigsamen Großonkel, der einen Hof in der Nähe von Kruglanken bewirtschaftete. Er sprach an manchen Tagen kaum ein Wort, beobachtete aber insgeheim alles, was um ihn geschah, recht genau und merkte sich, was ihm nicht gefiel. Bei Geselligkeiten oder auf den Sitzungen des Landwirtschaftlichen Vereins trank er höchstens zwei bis drei Glas Grog und zwei Tulpen Bier. Aber acht Tage vor Weihnachten fuhr er regelmäßig zur Stadt und pumpte durch die Einnahme von mehreren Gläschen Schnaps

Mut in sich hinein. Danach wurde er beredsam, schlug daheim mit der Faust auf den Tisch und eröffnete die alljährlich vor Weihnachten fällige Strafpredigt mit den Worten: „Im Namen des Vaters, des Sohnes und des Heiligen Geistes!" Dann hielt er seinen Familien- und Hausangehörigen ihr Sündenregister vor, wobei er eine geziemende Rangordnung beachtete. Als erste kam seine Frau an die Reihe; ihr folgten die Kinder und das Hausgesinde. Bei dieser einzigen Rede im Jahre unterstützte ihn trefflich ein ausgezeichnetes Gedächtnis, denn er vergaß nicht, selbst das kleinste Vergehen kräftig zu rügen. Alle im Hause hatten einen höllischen Respekt vor diesem Tage, dem sie mit beklommener Erwartung entgegensahen.
Als dieser Großonkel nun starb und in die Erde gebettet wurde und später die Familie, Nachbarn und liebe Freunde beim „Begräbnisfladen" zusammensaßen, zeigte seine Witwe die Fotografie des Verstorbenen und sagte weinend: „Ja, ja; w a r s t still, bist still! Hast im Leben nichts gesagt, sagst auch jetzt nuscht mehr. Bloß acht Tage vor Weihnachten werden wir alle verschuchert dasitzen; dann wirst du uns doch sehr fehlen!" A. S.

Dickschädel

Mein Großvater war ein rechter Ostpreuße, mit einem guten Schuß Humor und einer durch nichts zu erschütternden Ruhe gesegnet. Die hatte er als Landlehrer wohl auch nötig, und besonders seine lieben Bienchen dankten ihm seine Engelsgeduld durch großen Fleiß. Eine gute Honigernte ermöglichte es ihm, einen Schlitten mit Pferd und allem Zubehör zu kaufen. Da gab es lustige Schlittenpartien durch die schöne ostpreußische Winterlandschaft. Allerdings, wer Ostpreußen kennt, der kennt auch die Schwierigkeiten der tief verschneiten, oft nur sehr schmal freigeschaufelten Wege. Ein Ausweichen ist dann unmöglich; einer der Schlitten muß zurück, um den andern durchzulassen. Dies ist nicht immer reibungslos durchzuführen, denn niemand möchte sich gerne dazu bequemen. So stand auch Großvater eines Tages unvermutet dem Müller Krause auf enger Straße gegenüber. Zunächst ging es noch recht gemütlich zu:

„Na, guten Tag, Herr Stobbe, wie geht's denn so?" — „Guten Tag, Herr Krause; es geht ja." — „Schöner Winter dies Jahr!" — „Ja, so zehn Grad Frost werden wir wohl haben." — „Und ganz schönen Schnee. Wie is' denn so, Stobbe, da werden Sie ja wohl zurück müssen!" — „Ich? Nein, ich fahr' nich zurück." — „Ich auch nich." — „Machen Sie keine Witze, Krause, Sie haben doch die kürzere Strecke." — „Aber Ihr Schlitten ist wendiger, sein se nich' so ein Dickkopp, Stobbe." — „Ich fahr nich zurück", bekräftigte Großvater. „Ich auch nich, ich hab Zeit", sagt Herr Krause, zieht seine Zeitung aus der Tasche und beginnt wahrhaftig zu lesen. Großvater sieht sich das an. Dann schmunzelt er, stellt fest, daß er auch Zeit hat und zieht seinerseits eine Zeitung vor. So sitzen denn die beiden bei zehn Grad Frost auf ihren Schlitten und lesen ihre Zeitung. Hin und wieder schielt einer vorsichtig zum andern 'rüber. Schließlich wird es dem Meister Krause doch zu kalt. Wütend steckt er seine Zeitung in die Tasche und beginnt, seinem Freund Stobbe den Weg freizumachen. Mit einem freundlichen „Schön Dank auch und guten Weg", fuhr Großvater davon. — Die Freundschaft der beiden ist daran nicht zugrunde gegangen. U. H.

Hänschens Weihnachtslied

In der Zeit vor Weihnachten werden in einer Dorfschule im Samland Weihnachtslieder aufgesagt. Auch Hänschen kommt mit einem Vers heran. Und da läßt er sich wie folgt vernehmen: „Euch ist ein Kindlein heut gebor'n, von einer Jungfrau aus Neukuhr'n."

Bilderreicher Bericht

In einer dunklen Novembernacht wurden auf Schloß Schrombehnen Gänse gestohlen. Den Dieben konnte ihre nächtliche Tat nicht leichtgefallen sein, da der Gänsestall durch einen Bretterzaun gegen die Straße zu gesichert war. Die Gutsherrin, Frau v. G., ließ den Nachtwächter R. kommen und verhörte ihn über das Vorkommnis: „Haben Sie denn nichts gehört, gar nichts bemerkt . . . ?"

Da gab der alte Nachtwächter folgenden kurzen, aber bilderreichen Bericht: „Düster wie enne Noarsch, gnädje Fru, — du nömmst een — eck nömm een. Graggel ewere Weg — sprung, ewere Brettertun — wech sönd se! — Wer hett se gesehne?"

Der Zettel

Weihnachtsfeier ostpreußischer Jungen und Mädel. Vor Beginn der Feier werden Kontrollzettel ausgegeben, die fortlaufend numeriert sind und beim Empfang der bunten Tüten und des Herzens aus selbstgefertigtem Königsberger Marzipan abgegeben werden sollen. Zwischen den Darbietungen für die Jugend gibt's für die Kleinen Kakao und Kuchen. Karl-Heinz, ein achtjähriger, pausbackiger Steppke, futtert und trinkt mit höchstem Wohlbehagen und merkt vor lauter Eifer nicht, daß die Tafeln bereits wieder abgeräumt werden und plötzlich auch sein Teller und seine Tasse verschwinden. Entrüstet eilt er zu einer der Helferinnen, die ihm gut bekannt war, und fragt: „Tante, bekomme ich denn keinen Kakao mehr?" — „Hast du denn nicht genug bekommen, Heinzchen?" lautet die Gegenfrage. „I wo, Tante, ich hab doch man erst vier Tassen getrunken, und auf meinem Zettel, sieh man, da steht doch 26!"

Im Windschutz

In unserem Heimatdorf N. war einst die Frau Amtsvorsteher eine in jeder Beziehung gewichtige Person. Noch größer als der Respekt, den sie genoß, war der Umfang ihrer Erscheinung.
Neben dem Amtsvorsteher wohnte der Bauer P. Eines Abends im Winter blieb Frau P. nichts anderes übrig, als den achtjährigen Gerhard zum Kaufmann weit ins Dorf zu schicken, um Petroleum zu holen. Bei dem eisigen Wind und dem langen Weg war das schon allerhand. Die Mutter pummelte Gerhard also schön ein und mahnte ihn: „Gerhardchen, laß dich nich wo vom Wind umwehen! Immer hibsch längs die Heiser gehen! Und mach den Mund zu!" Gerhardchen stiebelte also los.
Nach einer halben Stunde war er mit dem Petroleum da, frisch und munter, wenn auch mit einem kleinen Eiszapfen unter der Nase. „Na, Gerhardche", fragte die Mutter, „war schlimmer Wind?" Der antwortete forsch: „I wo, ich ging immer hinter der dicken Amtsvorsteherschen, da traf er mir nich!" H. St.

Ja, wenn noch . . .

Hanske ist mit seinen fünf Jahren ein dicker, kugelrunder Junge, der es im Essen mit jedem Scheunendrescher aufnehmen kann. Am zweiten Weihnachtsfeiertag sind die Eltern bei der Tante eingeladen und haben Hanske mitgenommen. Der Kaffeetisch biegt sich fast unter der Last der vielen Sorten echt ostpreußischer gehaltvoller Kuchen und Torten, und die Gäste langen zu. Von Hanskes Teller wandern ganze Berge Mohnkuchen, Streuselkuchen und Torten in seinen Mund, und die Gäste sehen belustigt, die Mutter aber schon besorgt zu ihm herüber. Endlich macht er Schluß. Als die Tante ihn dann spaßeshalber fragt, ob er nicht noch etwas essen möchte, meint Hanske: „I nei, ja, wenn noch e Stückche Speck wär!"

Vom großen zum kleinen sch

Manchmal ist die Zunge langsamer als der Lauf der Ereignisse. — In einem Kirchdorf meines Heimatkreises lebte ein Apotheker, dessen Zunge auch im nüchternen Zustand nur unregelmäßig ihren Dienst tat. Einst stolperte er beim ungewissen Schein des Neumonds mit einem guten Bekannten nach ausgiebiger Sitzung am Stammtisch die nächtliche Dorfstraße entlang. Die Köter hatten am Abend ab und zu ein Häufchen hingepflanzt, und eines davon peilte der Zechgenosse an. Der Apotheker erkannte die diesem drohende Gefahr und wollte warnen: „Ach—t—ung! Ein H—H—Hau—f—f—en Sch—sch—sch—sch—schon sind Sie drin!"

G. K.

Immer mit der Ruhe

Der alte Kutscher Karl aus L., ein wahrer Gemütsmensch, holte einst Besuch von der Bahn ab. Es war harter Winter mit sehr hohem Schnee. Als Gefährt benutzte er einen Klapperschlitten, dessen hinterer Sitz nur im Bedarfsfalle aufgelegt wurde, da man ihn ja vor allem zur Beförderung von Lasten brauchte.

Während der Fahrt ruckte der Schlitten plötzlich bei einer Schneewehe heftig an, und die beiden Damen kippten in hohem Bogen in den Schnee. Als sie endlich mühsam aus dem Schnee herausgekrabbelt waren und laut rufend hinter dem Schlitten herliefen, drehte sich endlich Karl um und fragte sehr ruhig: „Full da wat?"

Alkoholisches

Der dicke Liedtke sitzt am Vormittag ganz allein am Stammtisch. Da kommt Bruno herein, und zwischen beiden entspinnt sich die folgende in schleppendem Ton geführte Unterhaltung: „Tach, Liedtke!" — „Tach, Bruno!" — „Warst jestern auch besoffen?" — „Nei." — „Warum nich?"

*

In einer Kneipe haben die versammelten Stammtischbrüder dem Alkohol schon sehr lebhaft zugesprochen. Da sagt einer: „Gib doch dem Domschat noch was!" — „Nei", meint ein anderer, „der kricht nuscht mehr, der is besoffen." — „Wo is der besoffen? Der riehrt sich ja noch!"

Vielversprechender Anfang

Der vierjährige Sohn unseres Nachbarn beobachtete wie die ersten Schneeflocken im Jahre vom Himmel fielen und sich eine weiße Decke über die Erde auszubreiten begann. Frohlockend rief er aus: „Noch sone Wucht, dann is' aber Winter!" H. Sch.

Seemannsgarn

Bäckermeister B. war ein wissensdurstiger Mann und nicht zage mit seinem Mundwerk. Einst fuhr er von dem östlichen Grenzort, wo er sein Handwerk betrieb, zur Silberhochzeit seines Vetters nach Königsberg. Er blieb einige Tage in der ostpreußischen Hauptstadt, und jeden Vormittag spazierte er zum Hundegatt, denn

der rege Hafenbetrieb imponierte ihm. Interessiert beobachtete er das Entladen eines großen Frachtdampfers, der förmlich aus dem Pregel zu wachsen schien. Nach einiger Zeit wurde der rote Anstrich sichtbar, was B. sehr verwunderte. Der Kapitän des Frachters schlenderte gleichfalls am Bollwerk umher, um von Land aus die Entladungsarbeiten zu beaufsichtigen. Der Bäckermeister fragte den Vorbeikommenden, ob er zur Schiffsbesatzung gehöre. Als der Kapitän die Frage bejahte, drang der Wissensdurstige in ihn, doch zu erklären, was es mit der roten Farbe für eine Bewandtnis habe. Der Kapitän war ein Spaßvogel und wollte der ahnungslosen Landratte etwas Seemannsgarn auftischen. „Na ja", meinte er mit freundlichem Grinsen, „wir fuhren doch durchs Rote Meer, da wurd' natürlich der Schiffsrumpf rot, so weit er mit dem Wasser in Berührung kam." — „Ach so!" erwiderte freundlich der Bäckermeister, „deine Nas' hast du denn auch wohl ins Wasser gehalten?"